U0075971

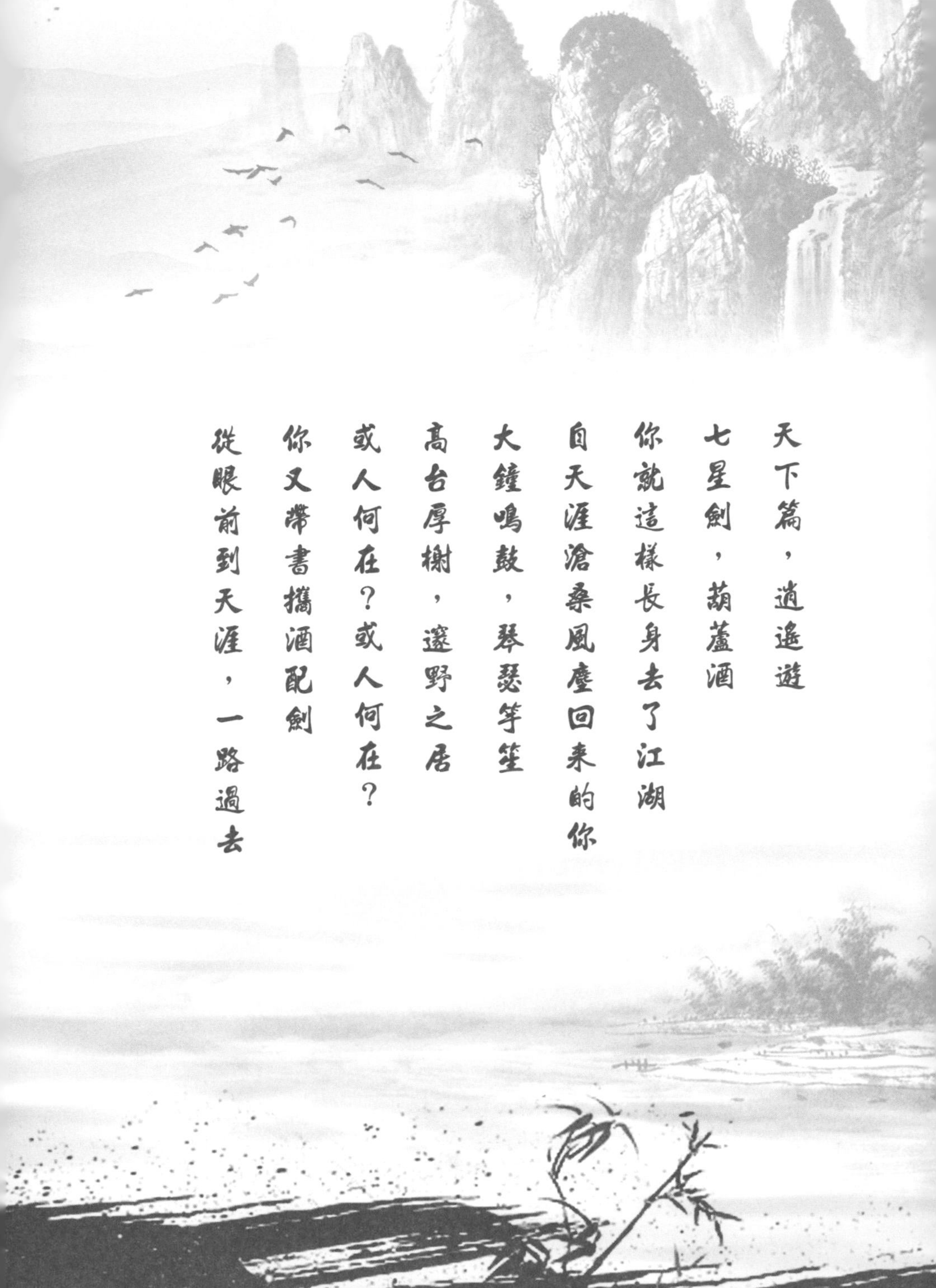

天下篇，逍遙遊
七星劍，葫蘆酒
你就這樣長身去了江湖
自天涯滄桑風塵回來的你
大鐘鳴鼓，琴瑟竽笙
高台厚榭，邃野之居
或人何在？或人何在？
你又帶書攜酒配劍
從眼前到天涯，一路過去

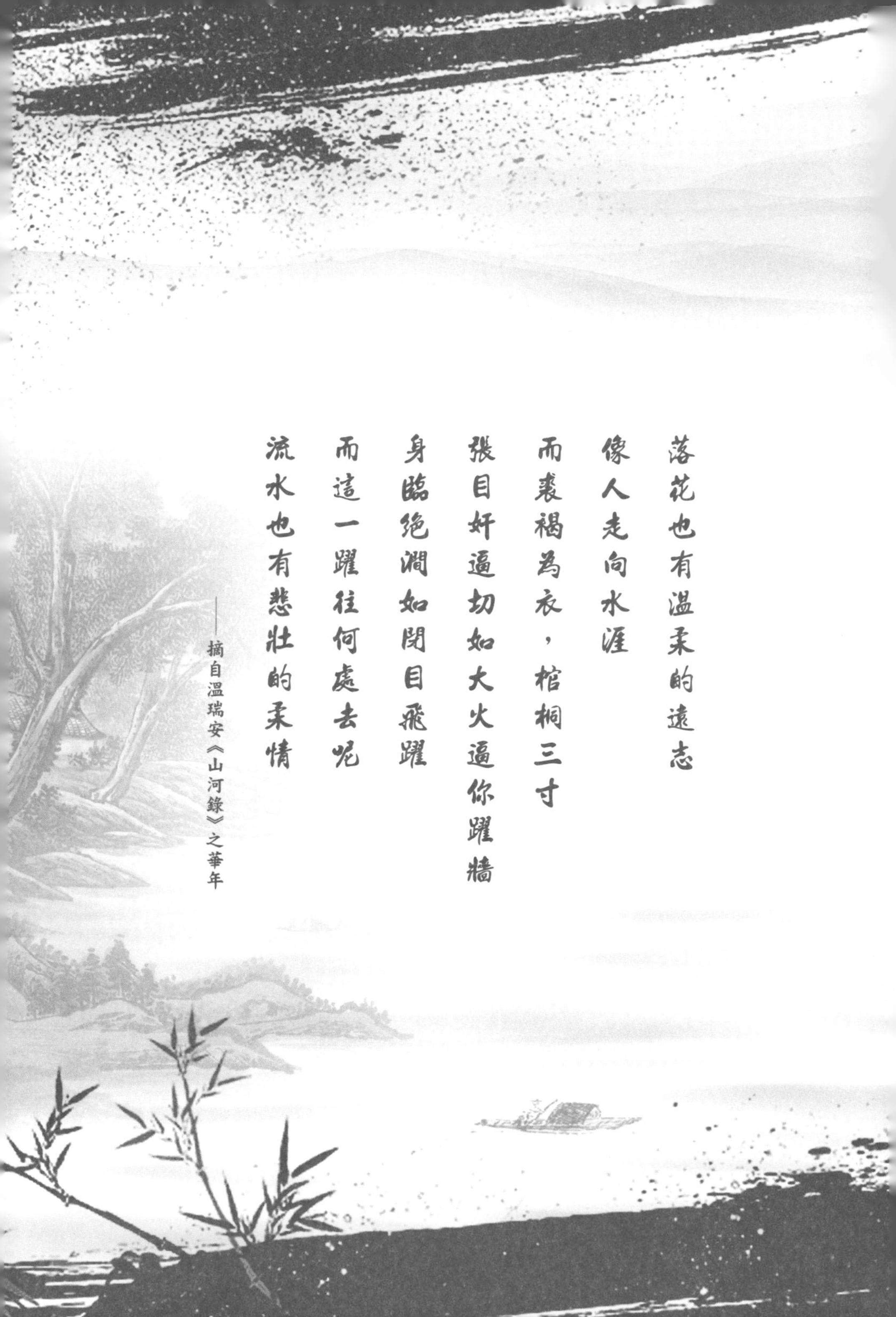

落花也有温柔的遠志
像人走向水涯
而裘褐為衣，棺桐三寸
張目奸逼切如大火逼你躍牆
身臨绝澗如閉目飛躍
而這一躍往何處去呢
流水也有悲壯的柔情

——摘自温瑞安《山河錄》之華年

四大名捕 走龍蛇 1

【談亭會】

武俠經典新版

四大名捕系列

溫瑞安 著

《四大名捕》新版總序

眼前萬里江山

溫瑞安

坦白說，我有時候也不大認得「四大名捕」，雖然他們四位是我一手帶大的，「供書教學」，「含辛茹苦」和「養育」了三十年。

我現在手上存有的版本，光是「四大名捕」故事，就有三百五十七種。沒收集的，沒看到的，沒遇上的，沒讀者寄來的，不在其數。其中有許多當然是翻版、盜印、假書、僞作。有的是其他名家的大作，也收入「四大名捕」門下，這是我「四大名捕」的榮幸。有的不是我寫的「四大名捕」，也充作「四大名捕」，甚至有人索性代我寫「四大名捕」，這也是「四大名捕」的福氣。不過，對有心支持閱讀「四大名捕」的讀者而言，買錯了書，只換回來一肚子的氣。

近日，加上了影視劇集不同的「四大名捕」在湊熱鬧，堪稱加油加醋還加孜然、痲油、指天椒，一時好不燦爛，這回，原著四大名捕不只是沾光了、掠美了，還吃不了嗆著喉，爲之撓舌不下，目瞪口呆，嘆爲觀止不已。

的確，「四大名捕」在別人的筆下，或在鏡頭裡、電視螢幕上，時常變了樣，嚴重「異化」了。他們各憑自己的觀感和需要，自行創作，甚至再造了名捕。於是，我們可以發現「四大名捕」從「人格分裂」到「精神分裂」，變成了以下各種「異象」：

・四大名捕不是靠智力查案的，而是靠武力肅清異己的，動輒殺個肝腦塗地，血腥暴力，永無止休，那裡像個執法捕快？有時，比強盜還不如，只不過是有「牌照」的殺手而已。其中，殺戮最重的當然首選「冷血」。因爲我塑造「他的生命是一頭追殺當中的狂豹，既不能退後，便只有追擊」，正符合了殺伐的角色。

・四大名捕倒像是〇〇七占士邦。不斷冒險，不斷破壞，卻從來沒有建設。他（們）常常打擊奸惡，但他們的品德，卻往往比他們所打殺的奸佞還不如。而且，他們總是拿著令牌（鏡頭裡的令牌總像塊烤的不夠熟的四方月餅）到處「作威作福」，而且，還是個徹頭徹尾的「保皇黨」——也就是朝廷鷹犬。

・鐵手，顧名思義，一定是頭大無腦，腦大生草，四肢發達，頭腦簡單之輩！

給他套個鐵拳手套什麼的，大凡是名捕裡鈍鈍的、草草了事，就挑他來扛，準沒錯！於是，我寫的鐵手，大家總當他是鐵饅頭！追命？喜歡喝酒？一定是酒鬼！於是，就把他拍成動輒醉個半死。失戀？喝酒！失意？喝酒！打輸了，喝酒！打贏了，還不喝酒於是，追命成了醉命——他那條命是從俠中酒仙的古龍大師借來的，不醉便沒命。

•尤有甚者，無情不藥而癒，無原無故的站了起來，不靠輪椅了。而且可能原籍東瀛、高麗甚至女兒身哩（奇怪，怎就不原籍馬來亞？釣魚台？中南海？）！有時候，劇情需要，情節需求，大家就把「四大名捕」畫、拍成四大圍毆一個他們要塑造形象的主角人物，甚至以眾欺寡打一個老人、小孩、女子什麼的，這一刻，「四大名捕」只成了犧牲品，還不如去當「四大名補」：補牙、補褲、補鞋、補鑊的好了！

•餘不一一，不勝枚舉。

以上當然都不是我筆下的「四大名捕」，也不是我所願見到的「捕快」；這樣的「捕役」、「馬快」，你只要碰上一個，恐怕也只有自認倒霉，更何況有四個之多。

人家說：完成了的作品已不屬於你的了，而是屬於大眾的。我想：幸好我寫了三十多年名捕系列，還沒完全寫完「四大名捕」故事，至少，還有點「屬於我的」補遺。不過，就算我已完成的部份，也給人「自行創造」的「面目全非」，那麼，真正的「四大名捕」原貌又是怎樣的呢？

人說三歲定八十，要知道一個人的真性情，還得看他少年青年時：無可奈何花落去，似曾相識燕歸來。一自美人和淚去，河山終古是天涯。看看他們以前是怎麼活過來的，就會知曉他們以後是怎樣活下去了。「四大名捕鬥將軍」，其實寫的就是少年時的四大名捕，如何應付他們平生首遇的強敵，如何翦除跟他們對立的大奸大惡，以及如何從磨練挫折中長成過來。跌倒了，就得爬起來，無論跌倒了多少次，都得要爬起來，不然，就是得認命，躺在那兒了——但我可沒說一定在跌倒的地方爬起來。年紀大了，知道先得爬起來，在那兒爬起來都沒關係，只要你爬了起來，等你老樹盤根，健步如飛的時候，才再回到跌跤的地方，表演渡水登萍、凌波微步也不遲。

我在「說英雄・誰是英雄」（八五年成書，比什麼英雄電影都早了一點點）系列第一部《刀》中，第一段就寫道：

這裡寫的是一個年輕人，一把劍，身懷絕學，抱負不凡，到大城裡去碰碰運氣，闖他的江湖，建立他的江山。

——他能辦到嗎？

烈火，鑄就了寶劍。

絕境，造就了英雄。

在我的感覺裡，四大名捕也就是這樣的年青人。眼前萬里江山的人，當然不怕小小興亡。

稿於二〇〇三年十月初。深圳、珠江、湖南、湖北等電視台播映「四大名捕震關東」。

校於〇三年十月中。「四大名捕（會京師）」將在台灣中視、廣東公共台、湖南、湖北電視台首播。／「四大名捕鬥將軍」南方台首播。／「漫畫四大名捕」港版雙周刊轉周刊，銷售量躍升。／泰國最大出版社洽談「溫瑞安武俠系列」泰文版。

溫瑞安

《四大名捕走龍蛇》總序

大小說

溫瑞安

「四大名捕」故事，從一九七〇年開始，寫到現在，已寫了接近三十年，還在寫，還在刊登，電視還在翻拍或重播（儘管所拍的大抵與我原著無涉，多由「天才編劇」抓住四個人物特點特性加以發揮、歪曲），漫畫也還在翻炒或抄襲（雖然「天才畫家」所繪的連環圖大抵除了嚴重違背我寫的「四大名捕」的精神和本意之外，並無關聯），連其他相近類型的小說同樣在模仿或翻新，乃至三十年前的忠心讀者仍甘心抵命的追讀下去，以及不斷有新銳讀者一樣重頭追看，以致「四大名捕」這系列小說，一本一本的寫下去，一個故事又一個故事的起伏著，一次又一次再版，一部又一部新版，甚至四大名中的冷血（冷凌棄）、追命（崔略商）、鐵手（鐵游夏）、無情（盛崖餘）要比他們的原創人「溫瑞安」——就是筆者更著名，尤其在中國大陸，人多知「四大名捕」又破了什麼案而不知溫瑞安又寫了什麼新書，因爲以上種種拳拳盛意反應和招招入肉效果，使我依然孜孜不倦的把虎虎生風的「四大名捕」霍霍運筆的寫下去，直至有個圓滿的結局爲止，這是部由活刺刺的生命和潑辣辣的俠氣所完成的大小說。

稿於一九九八年一月廿八日丁丑年大除夕至三月十日戊寅年大年初三

何家和、梁應鐘、小康、舒展超在珠海卜卜齋新居歡度新春，唱遍銘都、名都

校於九八年一月卅日年初三至二月二日大年初六

與葉浩、何包旦、阿晴、陳念禮（及心怡、淑儀、家禮等）在拱北區不戒齋歡快共渡，推出雜誌、新書。

四大名捕系列

四大名捕走龍蛇

第一冊

談亭會

目錄

第一部　我一定要贏

第一回　野薑花上的血跡

一

談亭，一稱博弈亭。此處凡遇喜慶節日，小販雲集叫賣，市肆熱鬧，下至黎民百姓，上至達官貴人，喜留連該處談笑、對弈、看燈、交遊，或坐畫舫賞月、青樓尋樂、坐聆講古、醉賦撫琴。

◇◇◇

「談亭之戰」卻是武林中一場重要的戰役。這一場對江湖的影響，固然深遠，但這一役所牽涉的後果，是挑戰者與接戰者所意想未到的。

「談亭之戰」，是藍元山約戰周白宇！

二

一匹快馬，鬃毛激揚，嘶聲清遠，馬背身上毛色如同烏雲蓋雪，馬上還有三點棗紅，像三朵勁麗的牡丹花開在這匹驃馬的身上。馬上的人，衣白如雪，臉如冠玉，背後挽了一柄長劍，雙腿緊夾馬肚，正要掠過權家溝，直撲幽州談亭。

馬上的人便是周白宇。

周白宇此刻臉上正掛著幸福也傲慢的微笑，因爲在他腦中正想到他心愛的未婚妻子白欣如身穿雪白的羅衫，替他送別，那時荻花飄飛，他在官道口策馬催發，白欣如揚起那春蔥也似的小手，企起腳尖叫道：「宇哥，你一定打贏的，我等你回來。」

周白宇在疾馳的馬上，嘴角的笑意愈來愈濃，那是因爲他想到白欣如對他的信心，就是他自己的信心，白欣如眸裡的星輝，就是他勝利時劍花的光芒。

生死決於頃俄之間，以劍的星光點亮生命的榮光，是周白宇的追求和想望。儘管他在江湖上曾一再受挫，他所統領的「北城」也幾乎遭受滅門之禍，但他卻仍然意興勃勃，只有江湖的大浪大風，才能使他這艘勁舟發出伏波懾浪的潛力來。

他一定能勝的。

多少次強敵佔盡了優勢，但他的志氣和劍氣，在巨艱中發揮了令群魔膽喪的光彩，最後仍取得了勝利。

不過，這一次的敵手，不是邪魔，而是藍元山。

「西鎮」藍元山。

江湖上爲爭名奪利而引起的腥風血雨，本就在所難免，「武林四大家」：東堡南寨西鎮北城，守望相顧、互爲奧援多年，每有強仇伺伏，四大家必傾竭所能，同仇敵愾，也不知擊退了多少強敵。

可是「文無第一，武無第二」，四大家地位一旦鞏固，難免想擴張，彼此相捋的實力，勢將此消彼長，一決高下，何況，四大家中的南寨殷乘風和北城周白宇，俱是年少藝高，難免心高氣傲，年紀最大的東堡黃天星，要不是近年來被「魔姑」姬搖花一顆鐵膽，碎了幾根肋骨，和一身嚴重內傷（詳見《四大名捕會京師》故事之《玉手》），黃天星早就發動一場擂臺決戰了。

「武林四大家」雖是被目爲主掌武林正義的四條支柱，但爭強鬥勝，連東堡、西鎮、南寨、北城，也不例外。

周白宇納悶的是，怎麼首先發動挑釁的是藍元山？

藍元山一向沉著、淡泊，是故四大家中，以藍元山最是沉潛，但武功也最不可測。

「四大家」情勢上非要分個高下不可，這點周白宇是相當瞭解，可是怎麼會是藍元山先下戰書，第一個挑戰的，就是自己？

這樣想著的時候，周白宇唇邊的笑意，變作了眉心的結。

而就在這個時候，風勁沁涼，河草青青，突然傳來一聲女子的呼救。

三

周白宇勒馬、轉轡、雙腿一挾，那匹紫雲騮像箭矢一般標出去。

馬近江邊之際，女子呼救之聲已變成悶叫，逐漸微弱，發出小動物將被野獸摧殘時令人心疼憐憫的哀喊。

河畔的野薑花白似仙女的燦笑，開滿了江邊，青青草地上，也散落了數十朵白江花，正被五個大漢十隻腳殘忍的踐踏著。

花瓣是脆弱的，經不起踩踏。

倒在草叢有一個女子，裙裾已被掀起，衣衫也被脫去了一半，披落的黑髮在勻細的脖子上，形成一種令人怦然動心的美姿，兩個大漢正在制止她的掙扎。

那五個大漢凝望這女子雖正在面臨極可怕的侮辱，但依然有一種傲視的冷然，心頭不禁有些微慌張，他們便用淫狎的語言來調笑，要激起女子的羞侮和他們的獸性。

「哈哈，這麼漂亮的美人兒，千金都買不到，今個兒卻教哥兒們樂了。」

「沒想到居然有這麼美的妞到江邊來採江花，總算叫大爺遇上了！」

「怎麼樣？別害羞，這裡只有我們和江水看到。」說著用手搭到女子肩上。

那女子像被一條可怕的毛蟲沾上了，慌忙撥開了他的手，想逃，但又給一個人絆倒：「在草地上，好舒服的，咱們『叫春五貓』，除了聯手劍法，在這方面也聯手——」

驟然間，他的聲音像一管簫吹奏時突然裂成了兩爿一樣，扭曲了。

他的臉孔也扭曲。

一柄雪玉也似的長劍，「嗖」地自江草叢中遞出來，刺進他的小腹裡去。

一個眉飛入鬢、神定氣足的青年巍然自草叢中野薑花間站了起來。

「『貓兒叫春五大仙』末氏兄弟的劍陣，從今以後，絕跡江湖。」他的聲音帶著冷峻的譏誚，他一上來就毀掉一人。

末氏兄弟互覷一眼，似被人猛淋了一盆水似的，慾火都消失了，怒火卻要從七竅噴發出來：「你，你是什麼人!?」

「何方鼠輩，敢施暗算——」

這句話還沒有罵完，周白宇已「嗖」地收劍。

他收劍之快，如同出劍一樣。

誰也未曾看見他出劍，只看見末飛象中劍。

此刻周白宇劍又回到劍鞘中，「噗」地一聲，他身邊的一簇野薑花白色花瓣上噴滿了鮮血。

末飛象倒在青青草上。

末氏四兄弟怒吼，一齊拔劍，他們雖是四人一起拔劍，但劍聲「錚、嗆、嗤、嘯」四響不同，那是因爲他們四人手上的劍，有的長，有的短，有的粗，有的細，而且長的是蛇形曲劍，短的是三尖六刃，粗的是鉤頭虎撐，細的是軟鐵緬劍，都不一樣。

看來如果末飛象不死，他拔出來的劍也一定與眾不同。

周白宇彎腰，拎起地上一件衣衫，鼻際裡只聞到一陣香氣，心中微微嘆息。

他低下頭的時候，末氏兄弟正想發動，卻發現這氣定神閒的青年，彎腰垂首的時候，雙目仍冷冷看著他們，四人都覺得目光彷似跟厲電打了個鋒，心中突突亂跳，一時都動不了手。

周白宇把衣衫往女子處扔去，拍了拍手，淡定地遊望四顧。

「你們的『貓兒叫春』劍陣，已少了一個人，不必再打了。」

「拔你的劍！」末氏老大末軍頭吼叫道。

「真正的劍手，劍是在劍鞘裡的，」周白宇傲慢地笑了。「劍出鞘之時就是敵手亡魂之際。」

他指著四個繃緊如弦的人淡淡地道：「持劍囂叫的人，不叫劍手——」

「叫你媽的！」末氏兄弟的劍發出四種完全不同的急嘯銳鳴，刺、戳、斬、劈，攻向周白宇。

同時間夾雜著女子的一聲驚呼。

周白宇的身形像一隻大風車般旋轉著，已避過三柄劍，三柄劍都是堪堪掠過他的衣衫，「噹」的一聲，他劍拔鞘半尺，架住末紅痣的中鋒劍。

刹那間二劍交擊，星火四迸。

末紅痣被星花所濺，只好闔上了眼睛，只一瞬間。

但在他再睜開眼睛的時候，胸膛已多了一個洞，噴出了血泉，他也爲一陣刺骨的難受而倒在地上。

「第二個。」

周白宇從容地回身，在三柄夾著風雷雨之聲的劍光中穿身而過，他也未回頭，三個敵手更不及回身之際，他一劍已反手刺穿末斑長的背心。

怒吼聲轉變爲懼呼聲。

交手僅三招，地上已多了三具屍體。五個想肆慾自快的人，一下子，只剩下了少數，這驚畏是不可言喻的。

剩下的末軍頭、末山地的眼睛開始向四周的草叢遊轉。

周白宇冷笑道：「你們作惡多端，饒不得！」

他長空而起，但末氏兩兄弟，卻在同時間，左右分竄，搶入草叢間。

其實周白宇也最忌這一點：若剩下這兩人分頭鼠竄，自己追殺一人容易，要一個不漏就難，所以他故意用話震住他們，好一擊搏殺兩人。

可是末氏五劍雖遠非周白宇之敵，但江湖閱歷頗多，一見勢頭不對，分頭扯呼，圖箇生機！

周白宇撲起，兩人已分左右躍出，周白宇微一躊躇，已投到末軍頭背後。

末軍頭像一隻袋鼠般躍了出去，落地再跳，半空中身子裂成兩爿，因勢道未消，血雨般的身子仍往前撲，撲落地上。

周白宇雖然殺了末軍頭，心想返過來追殺末山地就不容易了。可是當他回過身來的時候，就聽見末山地的一聲慘嚎！

原來末山地掠起之際，那女子發狠用懷劍趁他慌亂之際，刺中他的下脅裡去。

末山地死於這個女子之手，自己也充滿著驚疑與不信，所以哀呼得特別淒厲。

他掙扎要用劍刺殺對方，但劍至中途已脫力，劍落下，他的一隻手，卻搭在女子肩膊上，人也撲倒在女子身上。

那女子一面撥開，一面蹙著秀眉，像快要哭出來，好像沾在身上的是些黏黏的東西，她揮也揮不去。

女子殺了末山地，腳也嚇得發了軟，咕咚坐在草堆上，在她猶似芙蓉般的美靨上留著驚悸、悲痛、憤恨和復仇的痛快、厭惡的憎怨，唯江畔野薑花跟她姣好的臉目一映，這女子就像小家碧玉裡的白蓮花，孤傲而可憐。

這時女子的服飾凌亂，花容慘澹，但露出來薄紅小衫，襯著白羽雙重小衣，袒露出來柔靜的白頸、肩、腰，卻在綠草白花野地上透露出一股強烈的美，這在周白宇來說，連白欣如都不曾給他那麼玲瓏浮凸感覺。

周白宇忙斂定心神，搶過來，一把揪住還未噎氣的末山地：「幽州一帶近來的七宗豪門艷屍劫殺案，是不是你們所爲!?」

幽、薊二州，最近一連串發生了七宗駭人聽聞的劫殺案，死的都是才藝雙全的名女子，這七位女子在武林中有著一定的地位，其中有些女子的武功還在「仙子女俠」白欣如之上，這七位女子是：

淮北第一英雄龍在田的夫人顧秋暖。

「青梅女俠」段柔青。

御史岑策縱岑大人掌上明珠岑燕若。

「燕雲劍派」女掌門人尤菊劍。

「富可敵國」錢山谷錢大老闆愛妾殷麗情。

「琴棋詩書畫、劍掌刀槍兵」十般精通的「十全才女」于素冬。

女豪俠冷迷菊。

爲了這七個奇女子神秘身死、死時又身無寸縷、家裡被洗劫一空的案子，官府不單飛騎請「四大名捕」中追命先行趕來援助，就連無情也動身到幽州來，而且武林中的女子暗自危懼，白欣如還聯同了六位武林中的俠女來協助聯防、破案。

周白宇原本也爲此案大傷腦筋，全面對付，研緝兇徒之際，沒想到西鎮藍元山會在此時下戰書，他只好倉促應戰。

雖然倉促，仍懷著必勝之心。

只是那七宗奇案，他一直念念不忘，是以要趁末山地未死，要從他口中迫出一些什麼來。

「……不是……不是我們……」末山地翻著眼，嘴裡冒著鮮血，「不是我們幹的——」終於咽了氣。

周白宇發覺他抓住的是一個死人的時候，心裡一陣失落。

不過，他相信末山地的話。

周白宇當然相信「人之將死，其言也善」，其實他更堅信，憑這「叫春五貓」的劍法，在喪命的七名女子中，就算是五人聯攻，他們最多只能打贏那七位女子中的一人，跟另一女子或許可以打成平手，其他的則必敗無疑。

憑「叫春五貓」，還幹不起這等大案子！

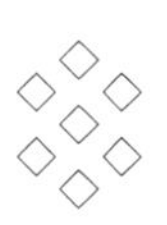

他緩緩地拔出了死者體內的懷劍，鮮血又像夕陽灑在江上的紅霞一般，濺在白花瓣上。

女子低呼一聲，她似乎很怕看到血。

但她自己的膝上，正在淌著血。

鮮血染紅了她白色的裙裾。

周白宇又蹲下來，那女子似乎有些退縮，終於還是任由周白宇撕了他自己衣袖上的布衫，替她包紮好小腿上的傷口。

周白宇從來沒有見過一個女子，有著那麼渾美又纖巧的足踝。她的血沾在他的手上，河邊風大，薑花皎潔的一味點頭。

雨點，終於大了起來。

第二回　雨中情

一

雨點首先使河面上像織布機上的線網，密密織成了一片。一些雨點灑在女子的頸上，女子稍爲瑟縮了一下。

◇◇◇

周白宇指著自己道：「我是北城周白宇。」

在江湖上不管會不會武，大都聽過周白宇的名聲，他尤其得意的是以在廿二歲之齡就當上「武林四大家」之一的宗主，六年來數遇強仇，屢遭挑釁，但他領導下的北城「舞陽城」依然屹立不倒，而與他敵對的幫派組織，大多早已煙消雲散。

所以周白宇十分珍惜自己的名聲，而且也自恃自己的聲名。

那女子點點頭，縱使此刻她衣飾凌亂，但仍有一種大家閨秀的微悒氣質逼人而來。

周白宇又道：「現在沒事了。」他指指地上的死人，心裡在想：「妳也不要難過了，反正碰過妳的人都死了，這事誰都不會傳出去。」

那女的又點點頭，烏髮繞在白皙的臉頰脖子上，有一種驚心的媚。

周白宇說：「雨要下了，我們快離開這裡吧。」

這時河畔草叢已因雨點響起了一陣簌簌的輕響，野薑花瓣的鮮血漸被洗成淺紅，漸漸回到原來嬌柔的白色。

周白宇望望天色，「真的要下大雨了。」那女子忽然掩泣起來，哭得很難過，很傷心。周白宇只好走過去拍拍她的肩膊，河風送來，幾綹髮絲飄飛到周白宇鼻端，一股清沁的，金蘭堂的粉香，令周白宇幾乎眩了一眩。

女子也縮了一縮，周白宇的手便拍了個空，她潔白如野薑花瓣的臉頰，驀現了一種令人動心的緋紅。

女子也不哭了，徐徐站了起來。

周白宇深吸了一口氣，不去看她，引路而出，找到了那匹動如疾風靜如磐的棗騮馬。

那馬兒見主人和一女子回來，嘶鳴了一聲，在急雨中聽來分外蕭索。

周白宇回頭看去，只見女子緩緩跟了過來，用手掩住衣衫撕破的地方。

周白宇說：「雨大了，請上馬。」

那女子轉動著悽楚的眸子，看了看馬馱，幽幽道：「那……你呢？」

周白宇怔了一怔，他在江湖上闖蕩慣了，也沒避過什麼嫌來，男的女的別說共騎策縱，就連同榻相對也沒有顧忌。不過女子這一問，周白宇倒是靦腆了起來。

「我……我走路跟去。」

「那怎麼好……不好的。」女子幽幽地說。

「不要緊，沒有關係，」周白宇心中正盤算著有沒有把握，「我腳快，追得上的，前面不遠就是權家溝了。姑娘……姑娘附近有沒有居處？」

女子搖首，垂頭。

周白宇心裡納悶！妳單身一個女子，沒有夥伴，又不是住在近處，居然到河邊來採花？這可奇了！但他內心中又有一種近乎幻想的欲求，雖然連他自己也弄不清楚到底是什麼，但他此際只巴望女子遲一些才走讓他多見一時半刻，也是好的。

雨下得偏急了一些，棗騮馬舉起前蹄，又嗚了一聲，似乎是催喚牠的主人。

「那末……我們先到權家溝過宿，妳看好吧？」

女子垂下了頭，但挺秀的鼻子勻美得像沾不住一條羽毛。

「妳大概是住在幽州了？」周白宇說得興奮起來，「我也是要赴幽州，待明日我送妳過去如何？」

女子忽然低聲說了一句：「感謝壯士救命大恩。」周白宇覺得她的聲音像雨點敲在野薑花瓣上的音樂。

女子又說了一句：「我叫小霍。」

周白宇呆了一呆，「小霍」畢竟不像是這樣一個溫婉女子的名字，但唸著的時候又覺挺像的。他一時不知如何是好，只能說：「請，請上馬。」

棗騮馬又亂踏了幾步，嘶鳴了一聲，向他眨了眨眼睛，如果馬是通人性的話，那是譏笑他的狼狽失態了？

小霍輕聲道：「壯士……一起上馬，好嗎？」

周白宇期期艾艾地道：「這……不大好吧，男女……」話一出口，已然後悔，便沒說下去。

小霍說：「我命是壯士救的，身子也是壯士保的，如蒙壯士不棄，小女子亦不敢作態避嫌。」

周白宇聽這一說，豪氣霓生，大聲道：「好，且上馬吧！」伸手一扶，把小霍攙上馬背，他自己也躍上馬後，雙臂繞過小霍雙肩攬轡，呼喝一聲，馬捲四蹄，在雨中疾騁而去。

雨中飛騎。

雨越來越大，把遍山遍野織成一片灰網，細密的雨聲和急密的蹄聲釀成一種單調而無依的節奏，路上顛簸，周白宇感覺到雙臂中的小霍肩膊的微顫，不禁坐得靠近一些，然而幽香襲入鼻端，猶似懷裡端奉了一株散發著清香的野薑花。

小霍雪白潤勻的耳珠，也感受到男子催馬呼喝時的熱氣。她本來冰凍欲僵的身體，在大雨中，反而奮熱了起來。

周白宇策馬控轡在雨中衝刺著覓一條可行的路，在雨中開道而出，讓她在顛簸顫動中有一種與之共騎並馳、同舟共濟、共生同死的感覺。她的血淚彷彿在雨中燃燒，雨水浸透了他們的衣衫，在彼此體息相呵暖裡，血液都疑似流入對方體內了。

小霍爲這種感覺而把全身體力都依在周白宇懷裡。

所以等到他們抵達權家溝下馬投宿時，他們已似相交十數年，先前的羞赧已全不復存了。

二

他們在客棧開了兩間房，換過濕淋淋的衣衫，這客店是附設飯菜的，他們覺得在男的抑或在女的房間用膳都似有不便，所以下來飯堂，兩人相視一笑，周白宇吩咐店夥計用最好的草料餵馬之後，便與小霍叫了幾碟熱騰騰的小菜，因爲剛從秋寒的冷雨裡浸澈過，所以，他們也叫了瓶「古城燒」。

店外灰濛濛像一張染墨的宣紙，用棉花也吸不乾的濕意。權家溝的幾間店面、幾條橫街，灰樸樸的像布景版畫一般，在雨簷下串著長長的水鍊，毫無生氣。

店裡有一盆炭火，生得很旺，幾個倦乏的旅人，圍著炭火搓手取暖。

周白宇和小霍的心，卻是暖的。

「古城燒」不單燒沸了他們體內的血，也把小霍臉靨燙起兩片紅雲。

他們很少說話，吃得也很少，漫寂的雨中，馬房偶爾有一兩聲寂寞的馬鳴。

周白宇和小霍離開了飯桌，回到樓上房間，他們從不同的房間出來，卻回到同一間房間去。

因爲下的是漫漫夜雨，店家挑出來的紅燈，杆子擱在窗櫺裡邊，兩盞紅燭映著「食」、「宿」兩個字，模模糊糊、朦朦朧朧透著陳舊的喜氣。

周白宇看見小霍雙頰鮮潤多羞的紅潮，他禁不住伸手去碰觸它。雨中的長街上，只有一個跛僧吹著悽涼的洞簫慢慢走過。

小霍的喘息忽然急促起來，因爲難以呼吸而伸長的脖子，那雪白細勻的頸，讓周白宇忍不住將唇蓋上去。

小霍全身脫了力似的，向後退著，扯倒了蚊帳，喘息著道：「不要，不要……」但又只剩下急促的呼吸，半晌才自牙齦迸出了一句話：

「你……你會後悔的。」

周白宇如雨中的海，狂漲的潮水，小霍的話，只使得他一怔：後悔？他隨即想

：有什麼好後悔的！得到這樣的女子，死也不會後悔！接著他的思緒全被狂焰吞噬。

當然他沒有發覺小霍在說那句話的時候，抓緊蚊帳的右手，因爲太用力，指甲已切入掌心裡。蚊帳終於場落下來，輕而柔軟的把兩人覆蓋。

三

次日。周白宇在猶豫間看著點著水珠的瓦簷下，翻身上馬，他深吸一口氣，這是一個多霧的清晨，今晚，他就要趕赴談亭，與西鎭藍元山一較高低。

他登上馬的時候，吸著晨雨後的空氣，覺得天地間渾似無事不可爲。

他回味起昨夜的荒唐，嘴邊有一抹笑意，他覺得自己的運氣實在不錯，憑著這樣的運道，一定可以擊敗藍元山。

唯一有些麻煩的是：他不知如何安置自己的未婚妻白欣如和小霍，不過，他決定在決戰之前，不去想這些煩惱事，而要用這股得志時的銳氣，挫敗藍元山之後，得到光榮勝利時再作處理。

他在馬上回身向簷邊對他痴痴揮手的小霍，在半空中指著有力的手掌大喊道：

「妳就在此地等我，我打贏了就回來看妳。」

他一面策馬趕路，一面覺得自己實在太幸福了，只是在昨天早晨，送他的是像一朵白薔薇的白欣如，今天早上送他的卻是像一株野薑花的小霍。

所以他騎在馬上，就似行在雲端一般，也真的不到晌午，已抵達幽州。

周白宇先行投宿，打坐調息，將本身的殺氣與功力都調升至最完美的狀態——他要以最無瑕的戰意，擊倒西鎮伏犀鎮主藍元山。

當他運氣練功之際，覺得自己功力發揮到淋漓盡致，心中很是滿意，因爲對方是以渾宏的內功名震天下的藍元山，今夜之戰，單靠劍法只怕是解決不了的。

原來周白宇青年得意，儼然一方之雄，此外，他還是武林中年輕一代罕見的內、外功兼修且有特殊造詣的高手。

他的內功傳自龍虎山人的「龍虎合擊大法」，而且是以少林旁支俗家子弟身分精通「無相神功」，還能把精湛內力轉化成無堅不摧的「仙人指」！

但他的外號卻叫做「閃電劍」。他的內功愈是渾厚，劍法愈迅疾，在武林中的地位更是愈高，在江湖上後起一輩中，鮮能有人堪與之比肩的。

他殺「叫春五貓」末氏五兄弟的時候，就只用了他的快劍，已使末氏五人中有四人死在他劍下。

周白宇雖然還不是武林四大家中最年輕的宗主，他比南寨殷乘風長二歲，可是，四大家中以他最出名，也最有號召力。

西鎮卻是「四大家」中最少牽涉江湖恩怨、武林是非的一家。

藍元山是伏犀鎮鎮主，比周白宇年長十歲，極少與人交手，但傳說中此人內功已高到不可思議的境界，連曾經以宏厚掌力享譽爲「內家第一君」的陶千雲，故意用語言相激，逼得藍元山出手和他對了三掌，而陶千雲卻從此一病三年，那是因爲他竭盡全力才能化解這三掌潛入體裡的內勁，以致他腎虧血耗，幾乎斷送了一條性命！

傳聞裡藍元山爲人審慎，也到了令人咋舌的地步，不但食用前俱以銀針試毒，而且吃後能將下咽多少粒飯米的數字都能確悉無誤，這種態度用在辦事上，使得伏犀鎮雖非一夜成名，但聲名蒸蒸日上，從窮鄉僻壤之地，漸漸可與最有錢財勢力的東堡「撼天堡」不相上下。

藍元山的決戰，第一個就挑戰周白宇。

對於這點，周白宇是有些不解，但他完全不怕。

年輕人的鬥志，就算是觸著了火焰，也當是一種歷煉，不曉得痛楚與懼怕。

周白宇只想早一些見到藍元山，早一些決戰，早一些勝利，早一些見到小霍。

四

周白宇在談亭燕子巷見到了藍元山。

那是剛入夜的時分。

談亭笙歌鶯語，街巷裡人山人海，花燈如畫。

周白宇和藍元山看見綵燈，同時想起：哦，原來中秋不遠了。

他們想到這一點的時候，不約而同，看到了夜穹上的大半弦清冷的月亮，離那熙熙攘攘的人群是如許地近，但越發顯得孤清。

他們的視線重新回到熱鬧的人群中，就發現了夾在人潮中像岩石一般的對方。

五

有燕子飛過巷子，在擠逼的人潮頭上輕盈翺翔，穿巷而過，花燈盞盞，映得人臉上喜氣洋溢，但留不住翩翩燕子的小住。

「真有燕子。」藍元山身著一件天藍色的綢布長袍，臉白勝雪，但卻虬髯滿腮。

「是。」周白宇爲敵手神態的悠閒而起肅然之敬。

「我們這一戰，在熱鬧地方打，在幽靜的情形下結束，好嗎？」這是藍元山的第二句話。

周白宇當然明白這句話的用意。

「武林四大家」畢竟是白道上聲息互通的派系，是故，東堡西鎭南寨北城雖到了情勢上非要分個勝負賓主不可之際，但亦不致於公開的血鬥火併，只要四大家中的代表人一分軒輊便可。

其中一個主要原因是：「武林四大家」有一點跟「四大名捕」共通處，就是維護武林正義，除暴安良，雖然兩者之間的作法和看法或有小異，但無礙於大同鵠的。

如果黑道邪魔得悉「武林四大家」相互廝搏，豈不額手稱慶，甚至趁火打劫？這種情形無論藍元山或周白宇，都誠不願見的，所以這一戰，雖重大而未轟動。

而且，如果這一場決戰，讓與「四大家」交情甚篤的「四大名捕」所悉，一定會全力制止這種情形發生的。

這些，在藍元山的約戰書裡，都已談得很清楚。在決戰之前，絕不張揚，越不爲人知越好。但這一戰爲示公平公道，所以在公開的場合裡決鬥，決定勝敗之後，方爲人知。

是故他們選在最熱鬧的談亭，作最寂靜的格鬥。

六

街角有撫弦吟詩之聲傳來，傳入街上的喧囂之中，彷彿銅鐃敲打之中的一絲清音。

藍元山笑了。他的袍袖很長，滾鑲白袖邊，垂及地上。

「我是練內功的，你的『仙人指』、『龍虎合擊大法』、『無相神功』，我聞名已久，也仰慕至深。」

「不敢。」周白宇微笑著等藍元山把話說下去。

「我們互較藝技，就在此處，誰失手為人所知，便作負論，如何？」藍元山剔起了一邊眉毛，以致使他的臉目看來像劇譜中的面相錯挑了一邊眉毛。

周白宇沒有說話。

他只緩緩把兩隻手，平舉及胸，抱了一抱。

這在武林中的意思是一個「請」字。

藍元山點了點頭，走到旁邊一家當席字畫店的桌旁，那賣畫的老秀才忙不迭地問：「客官，要看山水還是字畫，我有仿顏體的極品……」

藍元山抽起一幅畫，「嗖」地一聲，畫軸疾舒，隨著畫頁的乍現，這字畫直似繃彈的鋼片一般，卷軸撞向周白宇。

藍元山一面笑著說：「周世兄請賞鑒。」

第三回　談亭之戰

一

周白宇面對疾撞而來的卷軸，著實吃了一驚：那卷軸山水，蘊有一種沛莫可禦的真力，若給撞中，就像岩石敲在雞蛋殼上一般，如果閃躲，則是敗了這一回合。

他一伸手，五指扣住卷軸。

藍元山右手背負於藍袍之後，他只有一隻白生生的左手拋出了卷軸，另一端仍執在他手裡。

周白宇用的是右手。

右手的五指。

「嵩山」古深禪師所傳的「仙人指」。

指勁扣在卷軸上，他立即感覺到對方透過畫紙傳來的萬濤排壑般的內力，彷彿一波又一波似的勁道，要把他的五隻手指，彈得筋肉支離，飛向半空！

他的五指「仙人指」勁，源源湧出。

藍元山一邊眉毛又剔了起來，相貌十分古怪，他也正感受到五道割肉的刀鋒一般之勁道，直切入他的掌心。

兩人臉上俱微笑著，俯身觀畫。

那賣畫的老秀才仍迷神於藍袍人一揚手就把畫軸準確無訛舒捲到白衫客手上的風采。

這畫裡是幾筆淡硃，畫的是一位仕女，衣裙欲破空飛出，上書「千載有餘情」，筆意輕靈翻動，背景秀山靈水，寂天寞地，但惆悵淡味，迫人而來。

周白宇笑道：「端的是好畫，人情物意，俱見工筆。」

藍元山微笑道：「筆勢峭直刻深，卻是妙手偶得之作，實爲難得。」

那落魄秀才原是這畫的作者，聽得如此盛讚，正心花怒放，趨前道：「這……這是不才劣作，承蒙二位慧眼賞識，就算三兩——」

說到這裡，他的視線落在畫紙上，卻幾乎收不回來。

他幾乎不能相信自己的眼睛。

剛才畫上的顏色還好好的，而今色彩正在逐漸褪去，只剩下淡紅幾抹，以及「千載有餘情」五個字，這五個字他還是特別請一位名家來題的，但筆跡已開始模糊了。

他本不相信眼中所見，偏生是此時畫裡的色彩仍在消褪中。

他當然不曾注意到周白宇和藍元山在此消彼長、千山競秀、萬壑爭流、飄風驟雨一般的功力相激中，已滿額是細珠般的汗水。

那個窮秀才「咦」了一聲，揉了揉眼睛，便用手指去觸摸那幅畫。

就在此時，那繃緊的畫突然垂鬆下來，兩人都暗自舒出一口長長的氣：如果這畫在兩人功力互爭激盪之際給老秀才碰上了，老秀才必被震得五臟六腑移位而死，這一場拚鬥也等於敗露了。這兩種結果兩人都誠不願見，所以都一齊把內力收了回來。

秀才一摸，只摸到軟綿綿的字畫，老秀才張大了口，只能說出：「這，這……」說不出一個字來。在他而言，被人看中卻褪了色的字畫，就是白花花的銀兩在他眼前飛掉了。

藍元山笑著掏出一錠銀子，道：「畫色是褪了，但三兩銀子，沒少了你。」說著遞給老秀才。

老秀才登時樂開了花，但瞪著銀子苦了臉：「小的，小的找不開……」

周白宇驀然伸手，挾下一角銀子，道：「這裡大概有五兩銀子，不必找贖了吧。」

老秀才雖沒搞得懂怎麼好生生一塊銀子能被切下一角來，但他看到銀子，樂瞇了眼，拿著銀子笑瞇瞇的打躬作揖，一味笑道：「小店還有很多好畫……」大概他發市以來，最順利也最賺利的是這筆生意。

藍元山見銀兩被切下齊整的一角，如刀削口，便道：「好『仙人指力』！」

周白宇正想謙虛幾句，忽見藍元山手心的銀兩又渾成一團，切口已完全像麵粉一般搓揉消失了，心中一悚，失聲道：「『遠飀神功』！」

藍元山笑笑道：「雕蟲小技，不值方家一哂。」

周白宇道：「我這回倒是見識了武林中傳『以一功破萬功』的『遠颺神功』。」

藍元山淡淡笑道：「下一場，請周世兄自選吧。」

這時花燈幻彩，在市肆上排列，有的花燈是滴溜溜地轉，有著西遊人物故事，有的卻是栩栩如生的后羿射日嫦娥奔月的傳奇，如果一盞花燈是一個傳奇、一則故事，則「談亭」裡有千則故事、萬種傳說。

但擠在人堆裡仰脖子賞燈的人們，既沒有發現人潮裡的格鬥，也沒注意鬧市上天蒼穹裡掛著一輪清冷的月。

周白宇抬頭望著他們眼前不遠的兩盞水燈，笑道：「月入歌扇，花承節鼓，藍鎮主，那一盞是你，這一盞是我。」

藍元山一看，這兩盞燈靠自己這邊繪的是武功彪炳的關帝夜讀春秋，而周白宇那邊卻是傲睨萬物的呂布持戟。

藍元山知周白宇的用意，既把自己喻成養虎貽患的董卓，也含沙影射自己剛愎自用難免一敗之意。他只笑笑，並不答話。

周白宇微微抬頷，道：「哪，你的燈，要熄了。」說這句話的時候，他白袍袖袖端微微一揚。

一捲急風，直撲關帝燈籠。

燈籠裡有三根蠟燭，但又怎經得起周白宇「無相神功」的捲撲？

周白宇說時便已出手，這是報適才藍元山驟爾以卷軸撞至以牙還牙的手段。藍元山既不能在眾目睽睽下飛身移走燈籠，出手截擊也來不及，也怕匆促之下運聚之「遠颺神功」制不住有備而來的「無相神功」。只見他藍袍微動，一股深沉的勁風，向呂布燈籠反捲了過去。

周白宇暗吃一驚，就算他打熄關帝燈燭，可是自己所屬的呂布燭火被滅，也只是平手，所以他袖袍迴掃，將發出去的力道，轉了回來，格住「遠颺神功」！

兩道氣流在半空一撞，兩盞燈籠都一陣搖擺激盪，但都沒有熄滅。

賣花燈的老闆發覺有異，「咦」了一聲，出來看個究竟，但什麼都沒有發現，他抓著後腦勺子，實在莫名其妙，不知那來的一陣風，附近周圍的燈籠火舌搖也不搖一下，偏就他這兩盞名貴火燈搖盪不已。

兩人真力相交，臉色俱是一變。

藍元山左手袖袍疾揚，另一股內勁，急捲呂布燈。

周白宇另一隻袍袖，也抬了起來，拂了一拂，急襲關帝燈。

這次輪到藍元山將急捲呂布燈的內力收了回來，截擊周白宇的「無相神功」！

兩股內家真力，又撞在一起，兩盞燈像紙鳶一般翻著轉，老闆這回跑了出來，嘀咕道：「那來的陰風啊？」

明月澄澄，秋涼氣爽，熙攘的人群裡都不覺有風，偏是兩盞燈籠擺盪不已，不免引起好奇的人駐足圍觀。

於是有人調笑道：「來老闆，你這兩盞真不賴呀，自己會翻筋斗的唷！」

隔壁也是做燈籠的老闆調侃道：「怕是關帝爺跟呂布將軍打了起來也未定吧！」

說著的時候，兩盞燈籠吊在線絲上，依舊翻捲不已，人都嘖嘖稱奇，但卻未料到夾在人叢中的二人正不動聲色，各展奇功，互拚互消。

周白宇以「無相神功」疾摧關帝燈，但都被藍元山所阻；藍元山的「遠颺神功」飛捲呂布燈，也一樣未能奏效。

然而街坊民眾，卻是越看越過癮，一人看見藍元山盡是仰脖子往燈籠望，便過去碰了碰他，問道：「你不是發痴了吧？」

可是藍元山此刻正在運聚「遠颺神功」，怎容人碰得？平常人一觸上去，只怕早被震得筋散骨離，肝腦塗地，既害了無辜，也敗了陣，藍元山匆忙間悶哼一聲，在剎那間把功力散去。

他散得極快，只不過在轉念之間，所以那路人的手搭在他的肩上，一絲迥異的感覺也沒有，只不過藍元山功力倏散，一口氣噎在喉頭，一時答不出話來。

周白宇卻就趁這一剎隙縫，摧力急進，內勁飛撲關帝燈。

但偏有那麼巧，一個賣花的小女孩看見這公子豐神俊朗，敢情是愛花之人，便用手扯扯他衣袖，問：「公子、公子，買朵花回去……」

周白宇的衣袖聚布「無相神功」，怎容輕觸？若震死小女孩，縱使他滅了燭，也露了相，等於自招失敗，他大驚之下，忙一跺足，將功力全傳入地下！

小女孩碰觸在他衣袖的時候，他功力已借土遁消，自然無恙，但霎時之間，半空所密布的兩種內家功力，遽然消失得無影無蹤，因而在空中倒來一股逆勁，「呼」的一聲，除了關帝、呂布兩盞燈籠外，全條巷街的燈籠一時盡滅。

只剩下街頭月。

二

月色皎潔。

被滅的燈籠全在絲繩上打轉，明明是搖搖欲熄的兩盞燈籠，反而眾暗獨亮，使得不單人人大呼邪門，那兩盞燈籠的老闆也頻頻呼道：「我這兩盞燈籠，一定有神明護佑，一定是神靈保佑。」

結果有人出至高價十兩，這老闆還怕走了寶，硬是不肯賣。

從巷裡的燈籠盡滅，一直到燭光逐一重新點亮，街市一直鬧哄哄的。

尤其是明燈如畫突變黑漆一片，更有人趁機搏亂，不時有女眷驚呼一二聲傳來。本來這新鮮的話題還必繼續下去，但另一件新鮮的事情卻使「談亭」好事之徒目不暇給，忙不過來。

原來不知那家達官貴人，正在一艘畫舫上祝壽，燃放煙花、沖天炮。「嘯、呼」地尖響，一簇又一簇五光十色，幻化萬千的燈花，在河塘上空爆開，遮掩了月色，奪去了人們的目光，惹起了眾人的讚嘆。

也驚起了燕子低飛，惟恐高處不勝寒的煙花，迸灼了牠們的盛裝。

藍元山道：「剛才兩場，有驚無險，算和。」

周白宇道：「我們不能和下去了。」要是再和，則是沒有高下之分，一山又如何連藏二虎？

藍元山笑道：「是，不能再和了。」他說著的時候，雙肩聳動，就似常人環臂旋動時肩膊也隨著轉動一般，但他只有肩動手不動。

兩隻燕子，正低飛而過，畫著美麗的弧度。

驀然，在藍元山的頭頂上空，兩隻燕子被一道無形的牆所阻，飛不過去。

兩隻燕子啁啾著要折回，但四面像無形的網，無論兩隻燕子怎麼努力在飛，都闖不出去。

周白宇立即明白過來，他隨手抓起一個攤販所售的絨球，在雙手間搓揉著。

另兩隻燕子，本也被煙花爆竹驚起，低低翺翔過這街巷，準備往雲空裡飛逝，此際忽似被一條無形的絲線所牽繫，在周白宇頭上，倏沉忽落，完全受一種力量所操縱。

那是周白宇雙手搓揉把弄絨球的無形力量：「龍虎合擊大法」。

藍元山頂上的雙燕既飛不出他內力所罩成的無形氣網，周白宇頭上的燕子也一樣飛不出他力道的勁牆。

忽爾「呼」地二聲，藍元山的雙手，手心向上，抬至腰間，看來像整束腰帶，但他頭上的燕子，像勁矢一般，向周白宇勁牆裡闖入，直撞周白宇的那雙燕子。

「彭！彭！蓬！蓬！」又幾道煙火炸起，若不是煙花光彩奪目吸引住大家的注意，人人都必為燕子居然在兩人頭上迴旋不去、驚鳴不已而稱奇。

藍元山的一對燕子，射向周白宇的一雙燕子時，在周白宇心裡十分震驚，因為藍元山以雙肩使力就控制了燕子，雙肘不過一動，就可以控縱燕子成為暗器，而他自己的「龍虎合擊大法」，只能以手搓絨球掩飾過去，若稍加提高，雖使能力加強，但必形跡敗露，讓人知曉他是在與人動手了。這樣一來，他豈不是等於輸了？

這一仗，是萬萬輸不得的。

他未與藍元山一戰之前，已知藍元山決不易對付，但他還不知道藍元山竟難以對付到這種地步，功力也高到這個地步！

第四回　煙花、燕子和劍

一

這一戰無論是誰敗了，便得心服口服，甘拜下風，供對方使喚，變成了對方的附屬。

所以這一戰，絕不能敗。

周白宇雙手搓揉愈急，他所控操的兩隻燕子，倏起倏落，矢若流星，使得藍元山御控的兩隻燕子，始終撞不上。

四隻燕子，急嘯飛射，速度如同箭矢，已遠超過牠們本身的速度。

就在這時，藍元山的手又往上提，到了胸際，看他的樣子，就像普通人在整理衣襟一般悠閒。

周白宇額上的汗雨，已濕透數重衣，手上的絨球，也越搓越急。

那賣絨球的小販也發現了這「顧客」一味猛搓絨球，甚是詫異，便問：「你買是不買呀？別把我的絨球捏壞了，可賣不出去的喲！」

周白宇心無旁騖，正落盡下風，全力扳持，那有辦法理會他？所幸那小販見周白宇衣著似貴介公子，不似是買不起的模樣兒，可能是公子哥兒對新奇事物一玩上就愛不釋手吧？小販心裡嘀咕幾聲，視線又被新炸起的富貴榮華煙花吸引過去了。

藍元山一隻眉毛，吊到太陽穴上面去，而他的手，再抬了一抬，抬到了鬢邊，像是在撫平稍呈凌亂的鬢髮。

周白宇臉色登時大變。

頭頂上四隻燕子響起了急嘯之聲。

又一道煙花在夜穹裡誕生，像一朵金色的牡丹，炫示它的富貴昇平。

藍元山的手，已放到髮髻上，像似在綁好頭上方巾，但他的「遠颺神功」，已發揮至第九層的力量！

「波！」一聲輕響，周白宇的一隻燕子，被撞得血肉模糊，在空中直摔下來。

周白宇頭上只剩下一隻燕子。

如果連這隻燕子也死了，他便算是敗了。

周白宇從來沒有想過自己會敗給藍元山，他不能敗。

「蓬！」又一道煙花掠起，在長空畫成一條節節灑金的蜈蚣。

藍元山忽覺煙花之外，還有一道閃電，因為太快了，令他看不清楚，電光已寂滅。

一隻屬他掌力所控制的燕子，齊首掉落。

好快的劍！

藍元山心中一聲讚嘆，隨之而來的是不寒而慄：周白宇竟然出劍！

周白宇在大庭廣眾下亮劍！

可是人們並沒有發覺到周白宇曾經出過劍，他的劍法實在太快了，又適逢這煙花炸放之際，就算有人親眼目睹，也會以為只不過是一點煙火，驟落在此處。

周白宇的劍沒有驚動他人，就不算犯規。

周白宇既可殺掉一隻燕子，就一定能把他的第二隻燕子斬殺。

藍元山想到這裡的刹那。

又一道電光飛起。

又一道煙花綻放！

二

煙花在夜空構成一幅曲折瑰麗的圖騰。

劍光在煙花中飛射燕子。

燕子在煙花映射中有沒有流露夭折前金色的驚惶？

三

這時忽聽有人叫了一聲：「相公。」

藍元山回過頭去沉喝：「銀仙，快回去！」

藍元山回頭低喝的時候，功力稍弛，劍光本來就在此際射入燕子體內的。

但劍光卻驟然頓住，像一條蛇正標射出去噬中獵物之際，倏然變成了一塊木頭。

周白宇像一塊木頭。

叫「相公」的人在絨球攤子的前面，五顏六色彩艷的絨球，比不上這女子的一分媚。

——小霍！

四

周白宇心頭發出了一聲低吟。

——原來小霍就是名聞江湖的霍銀仙！

小霍是藍元山的妻子！

藍元山是小霍的丈夫！

他的「閃電劍」再也不閃電，像嵌在石頭上，凝在空中，剩下的一隻飛燕，在藍元山力控之下，被撞成一陣血雨。

剩下的那隻燕子，撞死了自己的同伴，啁啾哀鳴，飛去不返。

不知這隻唯一「劫後餘生」的燕子，再在海闊天穹飛翔時，會不會念起牠的同伴？有沒有傷惶的感覺？

五

又一道煙花，幻出兩隻神蝠。

已有人注意到憑空多了一把亮晃晃的劍，握在一個俊朗的白衣青年手裡。

但這英俊青年的臉上，卻似塗了一層白堊一般灰白。

藍衣人已搶身倏進，一手繞搭在他肩上，彷彿是多年知交，很親暱的樣子。

只有周白宇自己知道，他的頸上六處要穴，全在藍元山的控制下。

藍元山低聲在他耳邊說了一句話：「你敗了。」

周白宇喃喃重複了這一句話：「我敗了。」

藍元山輕輕放開了他，輕聲道：「我不殺你。」

他轉身向小霍道：「銀仙，妳這一喚，真是險極，我這一分心，差點爲人所敗，還好……」

周白宇突然跪了下來，用盡平生之力，大聲道：「我是北城『舞陽城』城主周白宇，今日談亭一戰，爲西鎮『伏犀鎮』鎮主藍元山所敗，周白宇輸得心服口服，絕無怨懟，蒙藍鎮主不殺之恩，周白宇從此以藍鎮主馬首是瞻，任其驅使，絕不違抗！」

原來在市肆中猛見一人拔劍指天，原已大奇，忽見這人激聲說出這一番話，紛紛圍攏過來看熱鬧，其中也有不少是武林中人，或熟悉江湖軼事的人，莫不震詫，卻又不知兩人何時決了這重大的一戰？

藍元山上前一步，攙扶周白宇起來，喟聲道：「咱們生死契上確是如此說，可是，勝敗乃兵家常事，周世兄不必太認真。」

周白宇沒有說話。

小霍站在藍元山背後，像在眾生裡一朵冷艷無聲的幽魂。

藍元山笑道：「其實，剛才世兄的『仙人指』、『無相神功』、『龍虎合擊大法』之後，加上『閃電劍』，本已穩操勝券，卻可惜，可惜……」

這時眾人議論紛紛，這樣一件轟動的消息，像雪球一般越滾越大。

「原來北城城主與西鎮鎮主在談亭一決勝負！」

「藍元山打敗了周白宇！」

「周白宇俯首稱臣，永遠臣服西鎮哩！」

「這可不得了！原來一向沉默淡泊的藍元山，功力還在風頭最勁鋒芒最露的周白宇之上！」

周白宇低著頭，白衣在夜色燈昏中一片灰黯。

藍元山拍了拍他的肩膊，「你不要難過，以後，我們是金蘭兄弟，不要分彼此。」他眺望河上夜穹如漆，眼瞳卻閃著粼光寒寒。

「我只要你跟我約一個人。」

「誰？」

「殷乘風。南寨寨主『急電』殷乘風。」

「啪」地一聲，河塘上夜空中又閃起一道龍膽花樣般的煙花，燦美得像一盆露珠鑲著金往河塘裡瀉。

六

快馬像破浪的船。周白宇在馬上。他有暈船的感覺。

那本來是江湖寥落的風中雨中，一場偶然的相逢，一次人生的艷遇，可是此刻周白宇感覺到的不止是悔恨，還有羞恥，以及傷憤……

◇◇◇

他本來可以勝的……卻不能勝！

他經過薊州，白欣如在城門迎著他，在晨風中像一朵欲飛的白薔薇，在一棕毛騮上揮著小手：「你贏了……」然後她的悅音因瞥見漸近的周白宇沮喪臉色而凝結。

周白宇掠過白欣如身邊，把馬放慢，一直到擦身而過的時候他才低聲說了一句：「我敗了。」

白欣如一怔，一時不知說什麼好。

周白宇一直攬轡徐行，掠過了白欣如身邊，走了一段路，才突然策轡，馬作長嘶，四蹄如飛，急捲而去。

白欣如回過身來，叫道：「你……你去那裡？」

周白宇拋下了一句話：「我到南寨去通知殷乘風，藍元山要約戰他！」

白欣如想策馬追隨，但周白宇在馬蹄踢起的塵煙中已然遠去。白欣如意外地發現石縫中有一朵白色的小花，正在作艱辛的生長但柔美的茁放。

七

周白宇的奔馬驟然而止。

周白宇猶在浪的尖峰，驀然沉到冰海的底。他自冥想中乍醒，反手挽劍，卻聽一人清越如鐃鈸的聲音刺入耳中。

「怎麼了？白宇兄，你直闖南寨，可是來鏟平青天寨來著？」

周白宇呆了一呆，只見站在他面前的，是一頎長略瘦的青年，背後一把無鞘劍，眉宇之間，有過人的精銳明敏，緊抿的唇有一種劍鋒冷的傲慢。

他旁邊有一個小姑娘，一身彩衣，垂髮如瀑，腰上挽一個小花結，結上兩柄玲瓏小劍，那清麗脫俗的容顏，在她臉靨細柔的皮膚上繃緊如花蕾，在燦笑時綻放。

周白宇長嘆了一口氣，下馬，抱拳：「乘風兄、伍姑娘。」

這一男一女，正是「急電」殷乘風，與「彩雲飛」伍彩雲。

殷乘風刀眉倒豎高額上，問：「白宇兄，談亭之戰是不是真的？」

周白宇垂首：「我敗了。」

殷乘風無言，只用手大力拍著他的肩膀。周白宇道：「藍元山向你挑戰。」

殷乘風刀眉一豎：「我早想跟他一戰。」

周白宇道：「在舞陽城城門。」

殷乘風冷笑道：「何時？」

周白宇道：「明日清晨。」

殷乘風道：「好，我去。」

周白宇忍不住道：「乘風兄。」

殷乘風銳利的眼神像一把刀鏡，映照著周白宇的內心，「怎麼？」

「我想……你還是跟，跟伍姑娘一道赴約的好。」

伍彩雲原是前任「南寨」寨主「三絕一聲雷」伍剛中的遺孤，伍剛中因協助朝廷緝拿「絕滅王」楚相玉遇害，由其養子殷乘風獨挑大任，以過人才智，替青天寨在江湖中立下比伍剛中在世時更顯赫的功業，而殷乘風與伍彩雲也是武林中一對金童玉女，感情甚篤。

武林中的聲名決不是一朝一夕換來的，要灑多少滴汗流多少滴血，一將功成萬骨枯，古來征戰幾人回，一分耕耘就一分收獲，沒有憑空而來的地位。

殷乘風雖不似青天寨前寨主伍剛中劍訣內力輕功均稱絕於武林，但他將全副精力，獨研一「快」字，而「快」字訣又全融聚於劍法之上，單以劍法論，周白宇曾跟他較量過七次，終於承認以劍論劍殷乘風的劍法乃在他之上。

只是，殷乘風在「武林四大家」中仍算是較弱的一環，但也是最年輕而不可限量的一人。

所以殷乘風道：「白宇兄是不放心我會戰藍鎮主……擔心我敗？」他大嘴一笑

：「我若敗了，自然也會奉西鎮爲宗；不過，我不會敗的。」

周白宇內心一陣刺痛，在未與藍元山「談亭一戰」前，他何嘗不是這麼想。

但他仍是敗了。

而且敗得……

殷乘風又一笑道：「就算我贏不了，也不能要彩雲幫我。這樣勝敗，有何意義？」

他望定周白宇，一字一句地道：「白宇兄，這一戰既在舞陽城門，我們情逾手足，但也不許助我。」

「記住，毋論勝負，不能相助。」

周白宇不知說什麼好，這刹那間，他想到雨中悽婉的小霍，囁嚅地道：「還是……伍姑娘一齊去好一些。」

殷乘風道：「昨天這一帶的『翁家口』又出了事，女捕頭謝紅殿死了。」

周白宇一怔，道：「是處置使謝蘭城的獨生女兒，幽州唯一女捕快謝紅殿？」

謝紅殿的父親雖是朝廷任命的大官，但謝紅殿的聲名卻非憑父威，她的手下擒過三十六個汪洋大盜七大採花賊，單止上述四十三人，幽州其他九個男捕頭，合起來都辦不到的事。可是謝紅殿卻單人匹馬，活捉生擒，就憑這一點，幽州第一女名捕的威名就名符其實了。

殷乘風接著嘆了一口氣：「她……死於翁家口，離舞陽城不過一里半的路，她正著手追查一件案子，但神秘被人殺死在客棧之中……瞧她的情形，恐怕是……在毫無防備下遭人暗殺的。」

周白宇深吸了一口氣，撇開謝紅殿是當朝要官的女兒這事不管，單只死者是幽州女捕快這一點，已讓人有「太歲頭上動土」的感覺，而且，謝紅殿的三十六手飛叉絕技、二十五顆軟硬流星飛彈，誰能近得她身邊？而今謝紅殿竟然遭人狙殺！

周白宇抬目道：「眼前八宗案件……」

殷乘風即道：「手法不完全一樣。前面七宗，有強暴痕跡，顯然是先姦後劫殺，這宗只是暗殺。」

「不管是誰做的，」伍彩雲因激怒漲紅了臉，「已經八個人了，我們一定要找到淫賊償命！」

也不知怎的，周白宇看見伍彩雲因怒而激紅的玉靨，竟不敢正視。殷乘風冷然道：「顧秋暖、段柔青、尤菊劍、岑燕若、殷麗情、冷迷菊、于素冬……還有謝紅殿，八位女俠的性命貞潔……這賊子當真天理難容！」

周白宇忽然想到嬌秀軟弱的白欣如，心中一陣惶悚。「伍姑娘。」

伍彩雲彎彎的秀眉揚了揚，又展現她可愛皎潔如天仙的笑容：「什麼事呀？」

「妳們不是組織了一個女子防衛團嗎？欣如她……」

彩雲飛笑了。「是呀，司徒夫人、江愛天、敖夫人、元夫人、奚採桑和我，都是裡面的一員，欣如姐姐也要加入，我們結在一起，一方面可以免於受襲，進而調查兇手，繩之於法。」

彩雲飛的笑靨比飛花還絢燦，她怒得易喜得也易，在別人眼裡也許認爲喜怒無常，不過，當真正看到她的時候，誰也不會真的認爲她這麼一個可愛的人兒如此有什麼不對。

「我們現在一共有七個女孩子，叫『七姑』，『七姑』的目的是要替八位死去的姐姐報仇。」

殷乘風疼惜的望著她，笑了，「我曾問她們為何不叫『七仙女』，」他向周白宇朗笑道：「七個那麼標緻的人兒，自保當無問題，找兇手則難矣。」說罷哈哈大笑。

伍彩雲白了他一眼，但惱嗔中蘊有笑意，少女情懷像蒲公英的種子，迎多情的風一吹，朵朵抖了開來。

「你不要擔心，我們七人常聚一起，欣如姐姐不會有事的。」伍彩雲卻感覺周白宇內心不安，這是她女子特殊的敏銳。

「我們本來出南寨就是想約欣如姐姐一同赴翁家口查案的。」

殷乘風道：「現在的情形，我要赴北城，翁家口還是妳自己去吧。」

伍彩雲仰著臉，她的臉腮脹卜卜的，又沒有一分多餘的肉，像一塊玉琢細雕的玉墜子，令人愛不惜手。

「你去吧，你一定贏的。」

殷乘風眉宇高揚，在陽光下大笑。

他是個在陽光下，有大志奮發的少年。

少女永遠信任她的情郎能作出驚天動地的大事！

周白宇的心裡又一陣刺痛。

他一生人本不知後悔爲何物，但一下子後悔的事紛至沓來，他也知那一件事令他痛悔，以致如此翻不了身。

殷乘風向他微笑道：「怎麼？白宇兄隨我一道去吧？」

周白宇頷首。

伍彩雲燦笑道：「周城主能陪他去，我就更放心了，欣如姐姐那兒我會找她一道赴『翁家口』的，你別擔憂。」

殷乘風哈哈笑道：「白宇兄去作個仲裁，好讓藍元山輸得賴不了賬！不過……」他轉而望向伍彩雲，那眼神跟他平時的飛揚踔厲是完全不同的。

「妳自己也要小心。」

「得了。」伍彩雲彩衣翩翩，心裡甜甜，「我跟欣如姐一道兒走，還怕什麼？到了翁家口，元夫人等五位姐姐都在，何況追命三爺也來了。」

「追命來了？」周白宇一震，脫口問道。

「是呀！」伍彩雲一雙黑白分明的圓眼望著周白宇，「他已來了，八件大案子，不單驚動了他，也驚動了無情大爺，不過是追命三爺先到。」

追命和無情，同是「四大名捕」，其實無情比追命年輕多了，但他投入諸葛先生門下最早也最久，反而是「大師兄」。他自小殘廢，雙腿齊廢，不諳武功，但智慧、輕功和暗器，黑白二道無人不懼，其他三大名捕也無不拳拳服膺。追命是「四大名捕」中年紀最長的一人，喜酗酒，但神腿無雙。在武林中，鐵手的掌功與追命的腿功，堪稱翹楚。

追命已來了，還有什麼天大案子破不了的？周白宇心裡暗忖。

「所以嘛，」殷乘風接道：「我不能赴翁家口了，萬一給追命三爺遇著，一定不讓我去赴約，這可不行。」

追命跟「武林四大家」友誼極篤，曾協助他們屢度危艱，追命當然不願見到「武林四大家」之間相互廝拚。

伍彩雲道：「不過江湖上傳言極快，你與藍鎮主決鬥的事，遲早難免爲他所知……」周白宇和藍元山的決戰，幾乎剛結束，就沸沸揚揚傳遍了武林。

故此有人戲言，江湖中人的口沫，比唐門的暗器還快。

殷乘風嘴角一拗，傲慢地笑道：「不過，那時候，我已戰勝藍元山了。」藍元山擊敗周白宇，而他打敗藍元山，「四大家」宗主之位，非他莫屬，況且，黃天星已老邁傷重，他又不是主動挑釁，而是應藍元山之約接戰的。

在公在私，他都是站在正義與光榮的一面，只要這一戰能贏。

伍彩雲臉上洋溢著向陽的幸福和光，「答應我。」

「什麼事？」

「你打贏了，就不要挑戰黃老堡主了，他已老病無能，不能傷害他的。」伍彩雲走近依偎著殷乘風臂膀說：「反正，黃老堡主也不想再與人爭強逞勝了，你……你要收斂一些。」

殷乘風注視陽光下彩衣的伍彩雲，有一種恍惚的迷眩，但這迷眩是幸福的。他傲然地道：「好，妳等我回來，我把打贏後的路上第一朵見到的花擷給妳。」

伍彩雲燦笑如天仙的光環。

周白宇在他倆的陽光之外。

第二部　不是她殺的

第一回　殺意的晨霧

一

乳白色的晨霧，在舞陽城口織成厚紗，拔出來的劍，只能望見劍鍔，望不到劍尖。

◇◇◇

霧裡的城未醒。

遠處雞鳴。

藍元山在霧中，驀然生起一種很奇怪的想法：人生在世，或許隱居於此，雞犬之聲相聞於耳，但老死不相往來，這種淡泊的生活是多麼愜意啊。

可是這念頭一萌即滅。這種生活他已生活過不知多少日子，他在那種生活已過膩了，他現在要索償平靜的回報。

這時他就瞥見晨霧裡一條青色勁裝、高瘦的人影。

他一看見這條人影，全身肌肉立時每一根骨節、每一絲纖維都在弛歇，因爲極點的放鬆，才能把任何繃緊如上弦之矢的人擊倒。

他一看見霧中的殷乘風，就感覺到自己低估了這個年輕人。

他原以爲阻他奪得「四大家」宗主權的人，唯一的勁敵只是周白宇，如今看來，殷乘風也甚不易對付。

殷乘風憑著一股銳氣和使全身幾乎燒痛了的鬥志，來到城門，但在霧中忽見那藍袍影子長袖垂地，他就感覺到自己的戰意如被對方長鯨吸水地吞去。

他挺立著，拔出了劍。

劍在晨霧中，如同水晶一般的色彩，波磔森森的劍峰，竟將霧意捲開。

在霧色中一棵大榆樹下，是白衫的周白宇。

他望著霧中的青衫藍袍二人，覺得這樣一個殺意的早晨，連城垛上的秋鳥啁啾也消失了。

這時，一個托缽的頭陀，敲著木魚走過，經過這裡，猛打了兩個呵欠。

頭陀打呵欠伸懶腰的時候，殷乘風和藍元山心裡同時都有「世事營營擾擾，何必苦苦爭鬥」，有想放棄了一切回家睡個大覺的念頭，這跟藍元山從雞啼想起隱居雖近似但不類同，而這是兩個即將決鬥者不約而同陡生之念。

但意念甫生時即告消失。

一絲陽光透了進來，射在劍鋒上，似野獸的利爪，漾著白光。

藍元山在霧中的語音像在深洞裡幽幽傳來：「殷寨主，你以快劍成名，請動手吧，我以內力搏你，所以決不能讓你逼近才動手。」

殷乘風緩緩舉起了劍。劍尖上發出輕微的「嘶嘶」之聲，像一尾蛇在炭爐上彈動著。

藍元山的手垂在地上，可惜隔著實體似的厚霧，看不清楚，他的袖裡似裹著遊動的水，不住的起伏著。

他正以絕世無匹的內功，來抵擋殷乘風的快劍。

他與周白宇一戰時已十分清楚，自己內力雄渾，稍勝半籌，但卻敵不過對方迅若奔雷的快劍。

何況傳言中殷乘風的劍比周白宇還快。

但同樣傳聞中殷乘風決無周白宇深厚的內力。

他決意要以排山倒海的「遠飈神功」，在殷乘風出劍前先把他擊潰。

而殷乘風同樣是想以閃電驚蛇般的一劍，在對手未發出內力前取得勝利。

周白宇靠在榆樹幹上，忽然間，榆樹葉子，在晨霧裡簌簌落下，如被狂風所摧。

二

這一戰極短。

晨霧中劍光暴閃，刺向藍袍人。

藍袍人雙袖激揚，「遠飈神功」使他四周三尺內猶如銅牆鐵壁，劍刺不入。

青衫人的內功，無法將劍刺進無形的霧牆。

內力反激，「崩」地一聲，劍折為二。

劍尖飛出，半空中為密集遍布的勁道所襲擊，粉碎為劍雨，濺噴四射。

在內力激碎劍尖首段剎那，原來抵擋劍勢的炁氣便有了縫隙，青衫人斷劍仍不休，刺入藍袍人胸脅。

藍袍人雙掌也擊在青衫人胸前。

青衫人藉勢倒翻，卸去一半掌力，落於丈外。

藍袍人掌勁強吐，使對方劍入胸脅不及二寸而止，但已刺入一條胸骨之中。

交手是一招。

兩人分開。

地上多了一路血跡，血跡盡頭是嘴角溢血的青衫人。

藍袍人右胸嵌著一把斷劍。

三

殷乘風重傷。

藍元山也受了重傷。

兩人一時之間，只能狠狠的瞪著對方，也不知是佩服？是憎恨？是仇視？是激賞？還是忍痛喘息？總之兩人一時都說不出半句話來。

但是有一人正在劇烈的發著抖，不是決鬥的藍元山，也不是受傷的殷乘風。

而是周白宇。

他顫抖得如此厲害，以致榆樹上的葉子，仍是被他震得不住簌簌的落下來。

他從未如此害怕過。

周白宇身經百戰，歷過生也度過死，什麼戰役未曾見過，而他所懼怕的，不是別人，而是自己；所畏懼的，不是別的，而是自己腦裡陡生的念頭！

西鎮藍元山和南寨殷乘風都受了重傷，這是一個殺了他們的絕好時機！這兩個是北城前程的頭號阻礙，殺了他們，他就可以雪敗恥，可以名揚天下，吐氣揚眉，舞陽城就可以高踞首榜，甚至可以併吞青天寨、伏犀鎮二大實力，而且，就算殺了他們，也可以說是比武誤殺，甚至可以推諉是藍元山、殷乘風二人互拚身亡，與自己無關。

這是雪辱揚名、永絕後患的絕好時機，以前，從沒有這樣的機會。以後，再也不會有這樣的機會了。

他要不要動手？他能不能下手？

他腦中一直響著這個念頭，聲音愈來愈大，幾乎刺破他的耳膜，使他雙膝無力的跪了下來，差點要哭出來了。

他畢竟是正道中人，雖然得志甚早，但從未做過卑鄙齷齪的小人所爲，像剛才的這種陰謀，在他一生裡，只是第一次在腦海裡出現，那是因爲他覺得原本可以略勝藍元山而他卻敗在一筆糊塗賬裡，而眼前分明這兩人雖平分秋色，但實都非他之敵，這點不服的冤屈，以及歉疚的羞愧，使他萌了殺意。

殺意比殷乘風對陣藍元山或藍元山對抗殷乘風時還要濃烈。

只是殷乘風與藍元山都未曾感覺出來。

要不要下手？敢不敢下手？

周白宇的心裡一直絕望的厲呼著。

幸而藍元山這時已開口講話。

這一句話打破了氣氛，其實是救了周白宇，也救了殷乘風，更救了他自己。

四

「我們，平手。」藍元山這樣說。

「明天，」殷乘風強忍痛楚，事實上，他眼裡只看見乳色的霧，看不清晨霧中的藍衫。「我們再戰。」

「何時？」藍元山的胸骨仍嵌著斷劍，好像一支尖椎刺戳著他的神經，藍元山幾乎要大叫出聲，卻平靜地問了這一句話。

「正午。」殷乘風心忖：現在體內被兩道裂胸撕心的勁氣絞搓著，只要自己得到數個時辰的調息，就能壓下異勁，抑制內傷，重新作戰，但藍元山所受的是外傷直延入脅，定成內創，數日間無法恢復，動手易致流血不止，所以雖不能在此刻再戰下去，但下一役卻是越快越好。

他既已決定時日，便補充問了一句：「何地？」

「人止關。」

「人止關」地近青天寨，峭壁巉巖，下臨千仞急湍，怪石斷崖，旅人至此止步不前，是名「人止關」。

「好！」

周白宇不再抖嗦。那是因爲他發現，這兩個敵人雖然仇讎更深，但如果他此際出手，這兩人必會聯袂對付他，兩個受傷的好手，仍是可以抵得上一個沒有受傷的高手，他沒有必勝的把握。

故此，他很有理由不去冒這個險。

奇怪的是，當他一想到不必去作那卑鄙暗算的時候，全身就不再抖嗦，又氣定神逸了起來。

「那麼，」只聽藍元山沉聲道：「明日正午，人止關前一決雌雄。」其實他心裡也在想：殷乘風捱了他兩掌，雖以絕頂輕功藉力卸力，但受傷必然甚重，月內難以復元，一旦動手，勢必因內傷大打折扣，而他只要有機會拔掉斷劍，止住流血，憑高深渾厚內力逼住創傷，定可擊敗殷乘風。

是以他也巴不得越早決戰越好。

殷乘風轉面過去跟周白宇道：「明天，還是勞白宇兄作個仲裁。」

周白宇此際已不顫慄了，用一種疲乏但又出奇平定的聲音道：「好的。」

第二回　闖刀溪決死戰

一

周白宇回到舞陽城，好像被充軍千里一般疲憊。

白欣如不敢惹他。她知道他甚少愁悶發怒，每一時每一刻，他總會為一些新鮮事物而興高采烈，很少像此刻的一臉刻劃大漠風沙般的滄桑神色。這男子的臉上一旦刻上愁悶，任誰也抹不去那痕印。

除了等待時間……

白欣如卻見窗外一株緋寒櫻落了幾瓣。

忽聽周白宇沉聲問：「謝紅殿的案子怎麼了？」

「謝紅殿是措手不及毫無防備下被人刺死的，她畢竟是女捕頭，臨死前還在地上醮血寫個『雨』字。」

「『雨』字？」

「嗯。下面的字還未來得及寫下去，就斷了氣。」

「是『雨』字嗎？」

「可能是『雨』字，也可能是『雨』字開始的字……」

周白宇心頭一動。「追命三爺已到了『翁家口』了吧？」

「到了，黃堡主也來了，黃堡主夫人白花花也要加入我們的組織防衛呢。我就笑說，加入了黃夫人，我們的『七姑』代號要變成『八姑』了。你道追命三爺怎麼說？他哈哈笑道：『不如改成八婆更好。』你聽，追命三爺還是武林前輩哪，他多缺德！我們幾個姊妹，可笑鬧他一頓——」

白欣如雖是這般說著，卻發現周白宇沒有望她一眼，只是看著窗外雲山繚繞，她不知爲什麼，只是覺得很傷感。

「連一向少在外頭露面的白花花也來了。」周白宇仍然認真地問。

「是啊。」

「有查到什麼端倪麼？」

「據客店的掌櫃說，曾有個女子，來找過謝紅殿，兩人在房中相談甚久，那女子身材婀娜，但蒙著面，兩人是在房中叫酒菜上來的。看來謝紅殿是在猝不及防之下被這女子所殺。」

周白宇心中又是一動。

「現在追命三爺正在衙府打探，有沒有人知道謝紅殿跟誰在翁家口的客棧約見，她到底爲了何事到翁家口，以及她正在查辦著什麼案子。」

「哦。」

周白宇偷窺正在幽幽望向窗外的未婚妻側影。那姣好清秀的側影，仿似在雲花窗前剪影下來，而那一張恰似鵝蛋的臉，欺霜勝雪的膚色，曾是他所最鍾愛的。但是，而今他卻不敢與她柔和的眸子對望。

他心裡一陣陣絞痛，猶如花落枝頭。

白欣如看見那纏繞多情的一抹腰帶似的雲霧，終於飄離了山腰，悄悄嘆了口氣，不經意地問：「今天殷寨主和藍鎮主之戰如何？」

周白宇突然焦躁了起來，只說了一個字：「和。」

因爲聽得出來語音的不悅，白欣如眼前一片雨窗濕似的模糊，沒有再問下去。

沉默了半晌。周白宇問：「追命三爺知不知道我們決戰的事？」

「他只知道藍鎮主與你之一戰，他很不開心，說黑道白道都一樣，爭什麼名奪什麼利，送出去的是性命熱血，換回來的是沽名釣譽！」

又一陣子的沉默。

白欣如舐了舐嘴唇，用比較快樂的聲音道：「元夫人、敖夫人、奚採桑、司徒夫人、江愛天、彩雲飛……明天這干姐妹會來這裡，商量擒兇之計。」

元夫人是市井豪俠元無物的夫人，閨名休春水；敖夫人是幽州捕頭敖近鐵的夫人，小名居悅穗；奚採桑是落魄文武雙全秀才奚九娖的姊姊；司徒夫人是丐幫幽州分舵主司徒不的夫人，本名梁紅石；江愛天則是幽州名門世家江瘦語的嫡親妹妹。這五名女子，本身都有過人的武藝，而她們的夫君或親人又是武林藝壇有名人物，單只這五個女子，聯合起來的力量絕不在舞陽城之下。

何況她們本身的親人都是武林中的好手，而她們也是武林中罕見的端凝自重、努力自強的女子。

這樣的女子，像一株株裂石而茁長的花樹，總令人覺得難得、不易。

彩雲飛就是伍彩雲，伍彩雲的輕功、劍法直承乃父「三絕一聲雷」伍剛中，除了內功稍稍不如之外，伍彩雲還是青天寨的向心力所在。她親切溫柔，使得很多南寨老將新秀，都心甘情願死心塌地爲南寨青天寨效命。

周白宇點點頭道：「她們能來這裡最好，我要去主持藍元山、殷乘風之戰，妳有人陪著，我也放心一些。」

白欣如聽得心裡一甜，眼睛的遠山卻愈模糊了，她也不知道因爲什麼，一遇感動總是易泣。人說這樣子的情形，要不是大吉，就是大兇，如是新婚或是有孕，則是喜。她望著枝頭的緋寒櫻，蜂花蝶蜜，悠悠陽光。

「聽說白花花和霍銀仙也會來。」

「什麼!?」

「是黃堡主夫人和藍鎮主夫人啊！」

「哦……」周白宇的不安如陰影一般掩上心扉。「妳是什麼時候見到霍……藍夫人和黃夫人的？」

「她們爲這連環八案的事，也很關心，決意要跟大家聯成一氣，今天是居悅穗、梁紅石、江愛天、休春水、奚採桑跟她倆一起來找我赴翁家口的。」

周白宇猛醒起一事：「伍彩雲伍姑娘呢？」

白欣如怔了一怔：「她今天不知怎的，沒有來。」

周白宇霍然站起：「沒有來!?」

白欣如詫道：「怎麼了？」

周白宇道：「今晨我與殷寨主出發之前，伍姑娘已動身來找妳同赴翁家口。」

白欣如惶然道：「這，這怎麼辦？」

周白宇的目光重新閃動著兵刃一般的鋒芒，「我要到南寨一趟。」

二

青天寨內，一片愁雲慘霧。

周白宇和白欣如並轡進入青天寨內，就完全怔住，也完全震住，因爲南寨所有的子弟，眼眶裡有淚，拳眼上有血，臉容上有一種極度的悲憤。

這些江湖上的漢子，向來是流血不流淚的，而今他們既流了血，也淌了淚，更且因爲極度的憤懣哀傷，流露出一種已不準備再活下去的決死之心。

周白宇和白欣如跨進寨裡大堂，就聽見一片哭聲，看見一群人團團圍著。

兩人的心沉了下去。

人群圍著的，是一個人，從這些寨裡好漢及婦孺臉容上，彷彿對那人物感情已到了寧隨地府也不願生分。

確確實實的死了。

死了的是一個荏弱如花的女子——「彩雲仙子」伍彩雲。

三

周白宇看見伍彩雲蘋果心似的一張圓臉上，因爲掙扎而留下的傷痕，那原是一張生氣活潑的臉，如今已經失卻了歡欣的生命。

他的怒火，也隨著伍彩雲生命的沉寂而燃燒。

白欣如緊緊揉著伍彩雲冰冷的小手，埋在她的腹間，因爲這樣，她也發覺到伍彩雲身上的衣飾只是披上而已，根本沒有穿著，從這點可以推斷她死的時候……

白欣如的淚，像珠子滑過鵝蛋殼上。

她霍然而起，厲聲問：「這是什麼回事!?」

「今天早上，寨主跟白城主出去後，伍姑娘也隨出去，後來，有人來報發現……發現伍姑娘……伍姑娘裸屍在桔竹林間，我們就，就去接了伍姑娘回來，她……」這寨裡頭目說至此處，已泣不成聲。

周白宇怒問：「是誰幹的!?」

眾皆啞然。一名分舵主恨聲道：「要是我們知道那個王八糟蹋了伍姑娘，我們還會站在這裡像一截截木頭麼!?」

周白宇忽然想起殷乘風。負傷中的殷乘風。「妳等我回來，我把打贏後的路上第一朵見到的花，擷給妳。」這是殷乘風赴戰前對伍彩雲說的一句話。

伍彩雲的胸前，正伏著一朵小小的但香氣四溢的、沉哀的沈丁花。

周白宇悚然，「殷……殷寨主呢？」

一名南寨高手道：「今午寨主他……他回來過，似受了傷，嘴角還淌著血……一見到伍姑娘這樣子，就，就怔住了，然後把花放在伍姑娘身上，喃喃的說：我知道了，我知道了……然後就衝了出去——」

周白宇猛地揪住那名高手，厲聲道：「你爲何不攔住他？你爲什麼不攔住他!?」

那名高手因衣襟被緊箍，答不出話來，旁邊三、四名寨裡的頭目和婦孺，忍不住紛紛陳說：「我們也想攔阻寨主啊，伍姑娘的事，就是大夥兒的事，要報仇要流血，決不能少算我們這份！」

「可是誰敢攔止寨主啊……他那時候，眼露凶光……」

「寨主我是由小看著他長大，從未見過他這樣子怕人的……」

「這也難怪，唉。」

「要是我們知道誰是那天殺的兇手，誰願意留在這裡作縮頭烏龜！」

周白宇放開了手，沉痛地問：「你們有沒有追躡寨主往何處去？」

那被周白宇揪住的南寨高手也不以為忤，喘息道：「我們追出去，殷寨主已似一陣風般走遠了，叫也叫不應，追也追不著。」

周白宇瞭解，就算身受重傷的殷乘風，他的輕功也幾如劍法的「急電」，這些人是斷斷追不上的。

他也明白殷乘風的心情。

那名高手又說：「殷寨主一面飛狂奔出去，一面嘶喊著：『是你！是你！一定是你！』我們不知道他是指誰，周城主，你跟寨主熟，可知道——」

周白宇倏然掠出大堂，向寨外的棗騮馬撲去，拋下一聲：「照顧白姑娘！」

他已無及解釋，不知道自己可不可以及時阻止這一場流血。就算及時，也恐怕沒有力量阻止這一場廝拚。

四

藍元山在清晨舞陽城城門之戰後，自然回到伏犀鎮。

伏犀鎮側山坳中，有一條溪流，水流洶湧渾濁，兩岸俱是大小不一的卵石，廣闊的荒地裡只有一兩撮草叢，野鷓鴣常在深夜飛過此地，在溪上斷柯枯枝上棲止。由於這溪流掠過伏犀鎮一帶時作一個彎彎如弓的弧度，所以一般人叫它做「關刀溪」。

溪邊丘上，有一塊比人高的大石，上粗下細，到了底層，僅一塊掌大石尖與土相連，但又不致傾倒，人說風猛時那大石還會微微晃動，似欲乘風飛去，所以就叫這一塊石頭做「飛來石」。

藍元山在「飛來石」上。

關刀溪的一片壙野，風大而寬，藍元山認爲這是以內息調養劍傷的最佳之地。一般習武者若受了傷，當盡可能避免露風沾水，但功力深沉如藍元山者則不同。

藍元山正要藉罡風灌入體內，以「遠颺神功」純陽元氣，促化傷口的痊癒。斷劍他早拔了出來。

血也止了。

傷口仍陣痛著。

溪口一陣又一陣的風，吹得他髮尾、鬢襟、衣袖、袍裾、緞帶，俱往後飄飛，飛來石也像飄在風中，沒有重量。藍元山在深吸著勁風，又徐吐出。

也許，在上天的眼中，他這身駭人的內力，只像一受傷的蛤蟆在養傷吧。想到這裡，他不禁自嘲的一笑。

就在這時，他胸骨的刺痛突然消失，緊隨的是背肌繃緊。

他霍地回首，就見著一人，散髮揚著，劍光閃著惡毒的白牙，人咆哮如一個穿著胄甲的戰神，向他以箭的速度奔來，而手中的劍如矢。

——殷乘風！

藍元山不覺張大了口，想喊出話，但他已來不及出聲，臉肌扭曲睚芒欲裂的殷乘風忽向他猛下殺手。

——不是決戰在明日嗎，怎會……!?

這問題只來得及響在藍元山心中，他的雙手引蓄了巨力的天風，飛捲殷乘風。

藍元山的「遠颺神功」加上天地間的勁風，原本是素乏內功的殷乘風抵受不了的，但從來沒有一個人，像殷乘風那樣被復仇的鬥志燒痛了他每一寸骨骼，他的劍閃動著絕望的白牙，每一招每一式俱是同歸於盡的打法——這樣的打法，不行……

藍元山邊打邊退，他早已離開了「飛來石」，正退入湍流的溪中。

——這小子敢情是瘋了……

藍元山雙掌發出澎湃的巨勁，推卻著殷乘風的進迫，溪水已浸過他的雙膝，溪底的石頭，長期被水灌洗得像魚皮一般滑。

——這小子不要命了……

殷乘風憤怒的狂吼著，劍花刺入水中，藍元山退入溪澗裡，全身因水氣而冒出煙氣，內力也發揮到頂點，自然的風向與水勢，全變作他的掌力。

——這小子不要命，自己可還要命的！

藍元山用掌勁濺起水花，水花濺在殷乘風臉上，殷乘風頓失藍元山所在，只見藍衫在每一顆水珠中閃動。

殷乘風卻在水花中念起伍彩雲。

　　他以牙齒銜著髮尾，把全身的創痛化作劍的奪命，就算有千個百個藍元山，他就要他死千次百次。

◇◇◇

　　藍元山一到水裡，本來借水花擾亂殷乘風視線，又藉風勢加強掌力，更以水流來使殷乘風馬步囂浮，本正欲全力反擊，但情勢的發展卻並不如願。

　　水花閃閃中，殷乘風看不清楚他，他也看不準殷乘風的劍。

　　溪水裡已泛浮幾點紅色，但旋即又被溪流沖淡。這血有殷乘風的也有藍元山的。

　　關刀溪的殊死戰，濕透了青衫藍袍，在他們膝間捲起激濺的水的血花。

五

殷乘風用的是劍，藍元山使的是一對肉掌，那是因爲殷乘風練的是劍，藍元山精長的是內功。

清晨之夜，殷乘風本身的「決陣劍」，已被藍元山震斷，現刻他手上的劍，是劈手奪自一名想攔阻他的青天寨弟子的。

這只是一柄普通的劍。

普通的劍絕對承受不了藍元山「遠飈神功」的壓力。

是以劍折飛，粉碎於半空。

劍片有些射在藍元山身上，有些打在殷乘風身上。

兩個人都忘了痛楚，正要全力把對方殺死，然而沒有劍的殷乘風就等於失去一半以上的武功，藍元山驀扯住他，一掌要劈下去。

「錚」地一聲，殷乘風腕上忽多了一柄小劍，這是殷乘風的「掌裡劍」。

藍元山發現殷乘風掌裡有劍的時候，要躲，已經躲不及，也躲不開了，只聽殷乘風一面刺出「掌裡劍」，一面悽聲道：「我就是要跟你同歸於盡。」

藍元山暗嘆一聲，閉起雙目，一掌劈下去。他實在沒想到自己會如此不明不白，跟殷乘風夾纏扭打，一塊兒死去的。

第三回 「就是她！」

一

驀聽一聲叱喝：「住手！」

「呼」地一聲，一幢意料不到的巨影，撞了過來，同時撞中藍元山和殷乘風，兩人都被大力撞倒於水中。

兩個因拚鬥而身負傷痕的人，被猛灌進耳鼻的水，像指天椒入肺一般刺激，他們劇烈地咳嗆起來。

撞倒他們的是那顆「飛來石」。

「飛來石」是被人腳踢過來的。

來人像一隻大鵬般撲到，一手揪起殷乘風，一手揪起藍元山，將臉俯近殷乘風面前吼道：「你要跟藍元山拚命，是爲了替伍彩雲報仇，假如藍元山不是兇手，你卻死了，誰來替伍彩雲報仇!?」

殷乘風掩泣嘶聲道：「他殺了彩雲！他殺了彩雲……」

那人一鬆手，正正反反，給了他幾記耳光，又一把揪住他，殷乘風耳際嗡嗡亂響，人卻比較清醒過來。

那人冷笑著問：「那你是高估了藍元山了！你也受了傷，他也受了傷，他早上還跟你決鬥，下午就趕去桔竹林殺了彩雲飛，再回到關刀溪來等你報仇——」

他冷笑著加了一句：「如果他能這樣，你根本就不是他的對手。」

殷乘風彷彿全身都脫了力，那人放開了他，他軟癱地坐在溪流中，怔怔地道：「是他……是他叫人殺死彩雲的……」

那人道：「可能是，也可能不是。」轉首望向藍元山。

藍元山像一隻淋濕了的鴨子，垂頭喪氣，當那人望來，忙不迭道：「我沒有，我沒有。」藍元山全身每一根骨頭浸在寒澈的水中都劇烈疼痛著，「我不知道伍……伍女俠已遇害……」

那人重重地哼了一聲：「不管怎麼說，你們幾個人，爲了點虛名，在這裡拚得愁雲慘霧，還害了自己所愛的人，助長了伺伏在暗處敵人的氣焰，實在是愚昧之極。」

他長嘆一聲道：「殷寨主，藍鎮主，你們是聰明人，難免也一樣作糊塗事。我們先到黃堡主那兒共商大計吧，不管殺害伍姑娘的兇徒是誰，總是天網恢恢，疏而不漏的，你們這一仗，就礙在我姓崔的面子上，再也不要打下去吧。」

追命一面說著，一面提著二人往岸上大步踱去。

殷乘風和藍元山都想自己奮力而行，但在追命扶持下直似足履點水而行一般，絲毫不必著力。

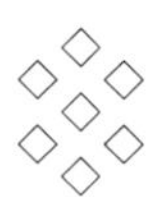

溪床上有四匹馬，一個白衣人。

白衣人是周白宇，是他通知追命，來阻止這一場本來不死不休的格鬥。

三人到了岸上，才知道亡命拚鬥中留下來的冷冽和傷痛。殷乘風微蹲下來，只見一簇在石堆裡茁生的野草叢中，有一朵五彩斑爛的花，寂寞無人知的開到近謝的光景。他想起對伍彩雲說過的話：「好，妳等我回來，我把打贏後的路上第一朵見到的花，擷給妳。」

殷乘風輕輕採下這朵花，輕放於水面，目送它隨水流送去。

追命和其他二人都勒著馬，默默的看著他哀痛的手勢。

二

在「撼天堡」的「飛雲堂」堂上，有一席酒菜，精緻雕刻著龍翔鳳舞的紅色大理石桌是如此之大，使得原已坐上七個人的位置，只不過占了圓桌沿的三分之一不及。

居首席的人年逾花甲，神威八面，白髯如戟，卻臉黃若土。他笑起來震得桌上杯碟碰登碰登地作響，如果他一拍桌面，只怕是鋼鑄的桌子才抵受得住。

這是身罹重病的「撼天堡」堡主「大猛龍」黃天星，本來相隨黃天星的高手還有鄺無極、尤疾、姚一江、游敬堂、馬六甲、李開山、魯萬乘這些人，但全在苦拚「姑、頭、神、仙」那一役中犧牲了。（詳見《四大名捕會京師》故事之《玉手》）

只剩下一位總管「椎心刺」葉朱顏，不到五尺高的身材，但渾身肌肉結實得直似純鐵打造的彈丸。他也在席上，只居末座。

在黃天星右側的是追命；其餘便是殷乘風，下來是霍銀仙與藍元山，以及周白宇，周白宇和黃天星身邊都空了一個位子，白欣如和白花花還沒有來，至於殷乘風身側，也空了一個位置給永遠不會來的人。

「撼天堡」本是「四大家」之首，跟北城「舞陽城」是三代世交，與南寨「青天寨」前任寨主（殷乘風的師父亦是養父伍剛中）相交莫逆，甚至彼此的堡號與寨石，都有個「天」字表示同屬一心，而黃天星也屢次提攜西鎮，甚至在某次「伏犀鎮」遇困時，不惜調度大批人手運糧食給藍元山。

本來南寨西鎮北城，對東堡都十分服膺，只是撼天堡人手折損，黃老堡主重傷難癒後，其領導地位便告淡化，誰也不服誰，才致使有這幾場龍爭虎鬥。

此刻黃天星、追命、周白宇、殷乘風、藍元山、霍銀仙、葉朱顏都在等人來。

——他們在等誰來？

三

「怎麼他們還不來？」黃天星雖然內傷未復，但脾氣不因此而斂。

「堡主多慮了，」葉朱顏忙道：「憑敖近鐵敖捕頭、奚九娖奚秀才、元無物元大俠、江瘦語江公子、司徒不司徒舵主，還有六位女俠，江湖上，誰挑得起這十一人來著？」

來的原來便是六扇門高手敖近鐵及其夫人居悅穗，市井豪俠元無物及其夫人休春水、名門世家江瘦語及其妹子江愛天，丐幫分舵主司徒不及其夫人梁紅石，文武秀才奚九娖及其姊姊奚採桑，另外一個，便是「仙子女俠」白欣如了。

這十一個人，都是身懷絕技的高手，江湖上惹得起他們的人確實不多，在幽州一帶，除了「四大家」，大概沒有誰挑得起這些人。「四大家」的宗主黃、殷、藍、周全在席上，又還有誰會去捋這十一高手的虎鬚？

黃天星哈哈笑道：「我倒不擔心，擔心的是周世侄，他那如花似玉的白姑娘，可不能有絲毫閃失啊。」

黃天星這個玩笑顯然開得甚不是時候。殷乘風的眼睛驟抬，射出白劍一般的銳芒。周白宇卻急忙把眼光收了回來，他本來的視線正繞過藍元山的藍袍，凝在霍銀仙烏亮髮色底下的悒鬱上。

追命忽然問：「黃堡主，黃夫人呢？」

其實白花花也不是黃天星的原配夫人，只是黃天星中年喪偶，直至晚年，才奈不住英雄晚景的寂寞，討了個繼室，便是白花花。

白花花在武林中，可說全無名聲，武功也毫無根基可言，但在青樓女子中卻是有名潔身自愛的艷妓。

黃天星咧嘴一笑，又拍著後腦勺子苦笑道：「她？她呀，最近身體不好，臥病在床，能不能下來陪大夥兒，也要待會兒才知曉。」

追命道：「玉體欠安，那就不必勞擾了，兇徒已取了九個無辜女子性命，堡主要小心照顧是好。」

「這個我自會曉得了；」黃天星說著又用手在桌上一拍，果然震得桌子上的杯「砰」地跳了一跳：「這些歹徒恁地狠毒，專揀女子下手！」

追命道：「既已殺了九人，看來兇手還會殺戮下去，四大家在此時此刻不團結一起，只有讓人趁虛而入。」伍彩雲顯然就是因此而歿的。

黃天星又一掌拍在桌子上——但葉朱顏及時將一面彈簧鋼片放在他掌下的桌上——這一掌聲響雖大，但卻不致使桌坍酒翻，看來葉朱顏在「撼天堡」確有其「不可或缺」的地位。

「去他娘的狗熊蛋！」黃天星破口大罵：「要是落在俺的手裡，俺不叫他死一百次就不是人，在這時候誰不同舟共濟，而來惹事生非，誰就是跟我黃天星過不去！」

忽想及一事，向追命問：「無情大捕頭幾時才來？」

他這句話問意相當明顯，追命已來兩天，但絲毫查不到線索，謝紅殿與伍彩雲又先後喪命，黃天星曾在「玉手」一役中跟無情並肩作戰過，甚爲佩服這年輕人的足智多謀，所以便覺得只有無情來方可解決問題。

追命也不引以爲忤，淡淡地道：「陝西發生山僧噬食全村性命奇案，大師兄可能先了決那件案子，不會那麼快便到。」

然後他抬首朗聲問：「然而到了屋頂上的朋友，酒已斟了，菜快涼了，還不下來湊興麼？」

只聽「哈哈」一笑，「嗖嗖」幾聲，大堂上多出了五個人來。

粗壯得似一塊鐵饅頭沉著臉的是六扇門高手敖近鐵，他第一個開口，說：「我們潛到屋上，爲的是試試各位耳力，冒犯之處，請多包涵。」他一上來就道明原委，果是捕快明爽作風，不致令人誤會。

落魄秀才奚九娛面白無鬚，滿臉春風，執扇長揖道：「我們自以爲輕若鵝毛，但在追命兄耳中宛似老狗顛躓，貽笑大方而已。」

貴介公子江瘦語錦衣一拂，哂道：「我們輕功不錯，追命的耳力也好，奚先生何必翠羽自踐！」

追命笑道：「都好，都好，不好，不好。」

鶉衣白結正搔著蚤子但腰下有六個袋的丐幫司徒不側著頭問：「什麼好？什麼不好？」

追命道：「五位輕功和在下耳力都好，但黃堡主、殷寨主、藍鎮主、周城主明明聽到了沒指認出來，卻讓我這酒鬼去吹噓認空，就是不好！」說著仰脖子灌了杯酒。

黃天星奇道：「你說什麼？我可沒聽到有人來，要不，早就拍桌子衝出瓦面去了。」

藍元山也道：「在下也沒聽到，追命兄是給我臉上貼金。」

周白宇也慌忙道：「我也沒聽到。」剛想說下去，忽瞥見霍銀仙一雙微似憂怨但黑白多情的眼，向他睇來，頓時好像浸在柔軟的糖水裡，甜得真不願浮起，便沒把話說了下去。

只有殷乘風默不作聲。

豪俠元無物「砰」地一聲拍下桌面，大聲道：「追命兄，武功高而不傲，我服你，來三盃！」

仰首連盡三杯，把杯子一擲，道：「杯子大小，不過癮！」取了酒壺，連灌了三壺。

追命笑道：「我陪元大俠。」擷下葫蘆，咕嚕咕嚕喝光一葫蘆。

黃天星也把桌子一拍，葉朱顏又及時將卸力彈簧擋在桌上：「好豪氣，我也來三——」但桌上酒壺乾盡，他抓起地上酒罈子，一掌拍開封泥，力運手上，酒罈噴出一股酒瀑，直射入黃天星喉裡。

元無物豎起拇指，喝：「好！」

眾亦叫好。

葉朱顏卻在叫好聲中趨近黃天星低聲道：「堡主，小心身子！」

黃天星豪笑道：「今宵不醉，尙待何時！」

追命忽道：「今日我們此聚，爲的是共商緝拿兇手大計，並非爲求一醉。」

這句話令黃天星一省，只好放下了酒罈子。近年來他少涉江湖，當年一股豪氣，已難有發揮之處，難得一時意態興靈，很想藉雞毛蒜皮的小事發洩個淋漓盡致，但聽追命這麼一說，只得怏怏放下酒罈子。

追命問：「六位俠女呢？」

奚九娛道：「我們先行一步，婦道人家，總是……」

忽聽一個女音叱道：「小弟，你又要在背後罵姊姊什麼啦？」

人隨聲到，原來便是奚採桑、梁紅石、休春水、江愛天、居悅穗及白欣如等人來了。

六個女子中，江愛天最是大家閨秀，雍貴風華、金釵玉簪，自有豪門碧玉至風範。但論清秀嬌麗，六人中莫如白欣如，她一張鵝蛋臉，柳眉秀鼻，有一種妍緻之美。

眾人哄笑中起座相迎，奚九娛素來怕他的姊姊，便道：「我是擔心妳們遲遲未到，不要又出了意外。」

梁紅石笑啐道：「呸！你出八百次意外我們都還平安大吉哩！」她是丐幫分舵主夫人，跟叫化子多了，自然也有些粗魯不文起來。

黃天星笑哈哈道：「別鬧，別鬧，我那口兒也下來了。」眾人望去，只見一個穿素衣的女子，臉罩輕紗，敢情是因爲身體羸弱之故，隔著輕紗還覺得透人的白，白花花是被兩個婢女攙扶著下來的。

白花花輕福了一福，算是招呼，黃天星便趕忙扶她坐下，笑呵呵地道：「我這口兒呀，還要仗賴各位娘子軍多費心才行。」

眾人都知道保護這麼一位荏弱女子，當非易事，但好勝的休春水截然道：「交給我們保管平安。」

奚九娛忍不住揶揄道：「諸位那個『七姑』、『八嫂』忙了這一陣子，可有查到兇手什麼線索沒有？」男人們又一陣哄笑。

奚採桑冷冷地反問道：「你們呢？」

笑聲頓止。

敖近鐵道：「還在查著，未有頭緒。」還是他老實承認。

奚採桑忽向追命道：「三爺，我有一事請教。」

追命正色道：「不敢，請說。」

奚採桑粗聲問：「段柔青、岑燕若、冷迷菊，殷麗情、于素冬、尤菊劍、顧秋暖的七宗命案，照跡象看來，都是先姦後殺再洗劫，是不是？」

追命道：「是。」

奚採桑又問：「只有謝紅殿謝捕頭是被殺未受辱，伍彩雲被辱殺而未被洗劫，是不是？」

追命想了一想，答：「是。」

奚採桑再問：「這九宗案件中，只有謝紅殿一宗中，留下了一點線索，就是她曾受一個女子相約，趕到翁家口客棧去會面，是不是呢？」

追命點頭道：「我已在衙裡紀錄檔卷裡，查到報訊女子是誰了。」

這句話一出，奚九娛、敖近鐵、江瘦語、司徒不、元無物、葉朱顏等都禁不住交頭接耳喁喁細語起來。

奚採桑卻粗著嗓子道：「但我們也一樣查到了殺害謝紅殿的人是誰了。」

奚採桑冷然續道：「因爲謝紅殿留下了另外的線索。」

丐幫司徒不夫人梁紅石緩緩站了起身，接道：「那是一個『雨』字。」

「她不是誰，」梁紅石凌厲的雙眼望定霍銀仙，一字一句地道：「就是她！」

第四回　眼神的信息

一

「她」指的是小霍，霍銀仙。

白欣如一朵春光裡的小白花出現之後，周白宇竭力想集中在她的身上，可是不成功。霍銀仙一直垂著憂悒的髮瀑，偶爾抬頭，眼光的對觸，黑白分明的眸子，猶如白日戀上深情的夜晚，那輕電似的震慄，令周白宇無法自己。

……那天晚上，天地間儘是雨的敲訪，他們在客棧裡彷彿輕舟在怒海裡。他的唇印在她憂愁的眼上，身子貼著身子，磨擦著仿似最後和最初的暖意，直至肌膚呵暖著肌膚，唇印著唇，小霍胸肌白似急湍邊的野薑花，馥鬱醉人，華麗而纖美，令人不惜死。

不惜身死。

周白宇如在波濤的高峰，而霍銀仙在夢境裡輕吟。

周白宇在此際想到這些，因強烈的可恥而想拔劍自刎。他卻不知道，一個沒有外遇的男子，一旦墜入溫柔鄉裡，就像飲鴆止渴一般無法自拔。

就在他有自絕之念的時候，忽然看到霍銀仙驚惶失色的紅唇，抬起的眼眸受挫與受驚。

是以他沒聽清楚那些人在說什麼。

二

梁紅石冷峻地道：「霍銀仙——藍夫人——約了謝紅殿到翁家口，趁她不備，用她拿手的懷劍刺死了謝紅殿。」

霍銀仙的唇色在迅速地失血。

舉座皆愕然。

追命沉默一陣，然後打破沉默：「不錯，謝紅殿畢竟是女神捕，審縝精細，未赴約前，確曾留下筆錄，言明是藍夫人相約——可是藍夫人有什麼理由殺死謝紅殿？」

梁紅石嚴峻地道：「因爲謝紅殿已查到霍銀仙是這連環兇殺案元兇之線索！」

「胡說！」霍銀仙蒼白的顫抖著唇：「我沒有殺死謝紅殿。」

梁紅石緊接反問：「可是妳約謝紅殿在翁家口客棧會面！有丐幫弟子，認出妳的背影。」

梁紅石是丐幫分舵主司徒不的夫人，自有丐幫弟子爲她效命。

丐幫弟子遍布天下，打探消息無有不知。

霍銀仙眼眸漾起淚花。

梁紅石追擊道：「謝紅殿臨死之『雨』字，便是妳姓氏『霍』的上半個字。」

霍銀仙顫聲道：「那天我見過謝姊姊後，便立即走了。」

「爲什麼丐幫弟子只看見妳入房，卻不見妳離去？」

「我是翻窗而走的。」

「妳是殺了謝紅殿才走的。」

「我沒有。」

「那妳爲何不光明正大的來去？」

「因爲我……」

「妳什麼？」

「我不想讓人知道，我找過謝姊姊……我是……我是求助於她的。」

「嘿，」梁紅石冷笑，額上青印陡現，「妳求助於她什麼？」

「我，」霍銀仙用力咬著下唇，「我不能告訴妳。」

「好一個秘密，」梁紅石陡笑了起來，「只有妳和謝紅殿才能知道。」

她霍地返過頭來問每一個人：「爲什麼我們不能也分享這個秘密？」

追命突然道：「據我查證，霍銀仙是午時之前進入翁家口客棧的，可是，謝紅殿死於當天晚上。」

周白宇腦門「轟」地一聲，周身血液宛似炸碎的冰河，全都沖到腦門去了。

梁紅石冷冷地道：「那是因爲她一直沒有離開過客棧。」

霍銀仙張開了口：「我……」下面的話卻說不出來。

周白宇的腦裡仍是「嗡嗡」地響，他心裡有一個聲音在狂喊：不是小霍，不是小霍，那晚，她和我在一起，她和我在一起……

他看到藍元山下拗的唇，白欣如無邪的眼眸，卻一句話都喊不出來。

霍銀仙欲言又止：「我……」臉上露出一種悽艷的窘態。

梁紅石冷如堅石，一個字一個字地道：「如果妳不能証明當天晚上妳在那裡，妳就是殺謝紅殿的兇手，妳是因爲怕謝紅殿查出妳是殺死冷迷菊、于素冬、殷麗情、段柔青、顧秋暖、岑燕若、尤菊劍才下殺手，妳就是八條人命的兇手。」

忽聽一個聲音斷冰切雪地道：「不止如此，她還殺了伍彩雲。」

說話的人是江愛天。

她冷冽地道：「因爲當時周城主、殷寨主、藍寨主全在舞陽城，只有她，趁這機會猝不及防的殺死伍彩雲。」

她說這話的時候，滿目鄙夷之色，「這樣的女子，怎配做我的朋友！」江愛天是世家子弟，「幽州江家」富甲一方，她看得上的朋友本就沒有幾個。

殷乘風驀抬起頭，眼神投向霍銀仙，像陡射厲芒的兩道怒劍。

三

周白宇握緊了拳頭，拳頭夾在雙膝間，因爲他的腿微觸及桌腳，整張石桌微微彈動著，酒杯也有一種不細心留意不能覺察的，杯蓋輕叩著杯沿的輕響。

就在這時，追命說了一句話。

「謝紅殿被殺的晚上，下著大雨，藍夫人是和我在翁家口研究武功。」

此話一出，周白宇以爲自己聽錯，而霍銀仙也完全怔住了。桌上的一碟鴛鴦五珍膾，顏色彩亂得像打翻的色盤。

鐵饅頭一般的幽州捕頭敖近鐵忽然開腔了。

「追命兄。」

「嗯。」

「你身分比我大，官職也比我高，我說錯了話，你不要見怪。」

「那晚你是在權家溝調查一宗孕婦死後在棺中生子的奇案:」敖近鐵的話像一角鐵敲在另一角鐵器上，「你不在翁家口。」

「我是幽州捕快，既然奉命查這件連環案，自然任何人都要懷疑，所以連你的行蹤也作過調查，請三爺不要見怪。」

追命連喝三大口酒，苦笑。

一絲不苟、六親不認的查案精神，是值得人敬佩尊重，又何從怪罪起?

「既是這樣，」司徒不瞇起眼睛像夾住了隻臭蟲，「三爺爲何要捏造假証，說霍銀仙無辜?」

追命長嘆，「因爲我知道她不是兇手。」

梁紅石問:「如果她不是兇手，謝紅殿被殺的當晚，她在那裡?」

追命無言。

霍銀仙的臉色蒼白如紙。

敖近鐵夫人居悅穗一直沒有說話，此際她只說了一句話。

「她若說不出來，就得殺人償命。」

四

周白宇霍地站了起來，碰地撞到了桌沿，嚇了白欣如一跳。

白欣如問：「你怎麼了？」

周白宇欲衝口而出的當兒，一下子像被人擊中腹部似的連說話的氣力也告消散。

另外一個人替他說了話。

「銀仙不是兇手。」

說話的人是藍元山。

敖近鐵沉聲道：「藍鎮主，當晚你是跟藍夫人在一起？」

藍元山搖頭。

「她是跟周白宇在一起。」

此話一出，眾皆嘩然。

幾個人都怔住，一時追問不下去。

好半晌，梁紅石才小心翼翼地道：「在風雨之夜……」

「在權家溝客棧同處一室。」

白欣如望向周白宇，周白宇已沒有了感覺。梁紅石望望周白宇，再望望霍銀仙，又望望藍元山，一時也不知如何說下去，說些什麼話是好。

奚採桑冷靜敏銳的聲音如銀瓶乍破，「藍鎮主，你可以爲了妻子安危說這些話，你跟周白宇城主交情好，他也可以默認，但這事關重大，可有旁証？」

休春水接道：「沒有旁証，總教人不服，也難以置信。」

「他說的是真的。」

說話的是追命，他彷彿有很多感嘆。

「我就是不想傳出來令他們難堪，所以才說當晚我和藍夫人在一起切磋武功。」他苦笑道：「當晚我就在權家溝，親眼看見他們在一起。」

這個消息委實太震訝，而且各人有各人的驚震，已不知如何處理這場面。

最安定的，反而是臉無表情的藍元山。他連江瘦語「呸」了一聲以及江愛天罵了一句「狗男女」，他都神色不變。

天下焉有這樣子的丈夫？

五

休春水沉聲問：「藍鎮主，你是怎麼知道霍……尊夫人當天晚上跟周白宇在一起的？」

「因爲是我叫她去的。」

「我沒有把握打敗周白宇，只有在他心裡對我歉疚的時候，我才有絕對的勝機。」藍元山道：「沒有把握的仗我是不打的。」

「元山！」霍銀仙顫聲叫。

「是我叫她去的。」藍元山顫道：「是我求她去的。她本來不答應……但她不忍心見我落敗，不忍見我壯志成空、美夢落空，所以她去了。」

周白宇巍巍顫顫的站了起來，用手指著藍元山，牙縫裡逼出一個字：「你……」就說不下去，他又轉向霍銀仙，只見她悽絕的臉容，一陣天旋地轉。

元無物一字一句地問：「這事並不光彩，爲何你要承認？」

「因爲銀仙不能死，我愛她。」

江瘦語冷笑道：「你要她作出這等齷齪事，你還有資格說什麼愛。」

「在你而言，一頭公狗不能愛一隻母貓；」藍元山冷冷地回敬：「你的想法只適合當媒婆不適合娶老婆。」

他反問道：「銀仙爲了我的勝利，犧牲了色相；我爲了她的性命，丟捨了名譽，有何不對？有何不能？」

這一番話下來，全皆怔住。

奚九娖嘆了一聲，緩緩地道：「可是，就算藍夫人在當晚確不在兇殺地點，並非殺死謝紅殿的兇手，也不能証明她沒有殺死伍彩雲……」

藍元山怔了一怔。

奚採桑接道：「伍彩雲死在赴北城路上的桔竹畔，當時，藍鎮主正和殷寨主決鬥，周城主作仲裁，當然不知道藍夫人在那裡了。」他們在來「撼天堡」之前，早已聽過白欣如對大致情形的轉述，所以能確定周白宇、藍元山、殷乘風等人身處何地。

梁紅石冷然道：「所以，霍銀仙仍然有可能是殺死伍彩雲的兇手。當時伍彩雲離開南寨去找白欣如的事，只有白欣如和霍銀仙知道，而白欣如是跟我們在一起，霍銀仙——藍夫人，妳在那裡？」

霍銀仙道：「我……」她花容慘淡，一直看著藍元山。

藍元山正襟而坐，像在聆聽誦經一般的神情。

黃天星忽然開腔了，他開口嘆了一聲，才說：「伍女俠的死，也不關藍夫人的事。」

全部帶著疑問的驚異目光，投向黃天星。黃天星有一種白髮蒼蒼的神態。「因爲藍夫人當時是躲在舞陽城垜上觀戰。」

敖近鐵尋思一下，道：「黃堡主，當天早晨，你是留在撼天堡中的，又何以得知藍夫人在北城城樓？」

黃天星手裡把玩著酒杯：「藍鎮主約戰周城主之後，消息傳了開來，我是東堡堡主，自然要先知道戰果，好早作打算；」他將杯裡的烈酒一口乾盡：「所以我就派人捎著藍鎮主，觀察藍鎮主決戰殷寨主，並把結果飛報於我。」

他蒼涼的乾笑三聲，像一隻老雁揀盡寒枝不可棲：「我老了，不能硬打硬拚，所以難免也想撿點小便宜。」

追命向他舉杯，兩人碰杯，一口而乾。

都不發一言。

葉朱顏忽道：「黃堡主派去伺探的人，便是我。我伏在舞陽城樓牌之上，目睹藍鎮主與殷寨主之戰，也看見周城主躲在榆樹下，藍夫人則匿在城垛上。」

「伍女俠死的時候，藍夫人確實是在舞陽城上。」

藍元山緩緩轉過頭去，望向霍銀仙，眼神平靜得像無風的海水，他聲調平靜若無風的帆。「那兩天，妳心亂，我都囑妳不要去觀戰，怎麼妳還是去了呢？」

霍銀仙的表情悽冷得近乎美艷。

「我第一次去，是因爲怕你不敵周白宇，我是要去分他的心；我第二次去，雖對你有信心擊敗殷乘風，但我怕周白宇會趁機下手。」她決絕的眼神像山上的寒雪。

「你兩次都不給我去，我兩次都去了。」

「你剛才在說謊。」

「你從來就沒有要我……對周白宇這樣做！是我自己背著你做的。我們成親八年，八年來，你在夢裡，背著眾人，是如何地不甘淡泊，如何地懼怕年華老去而壯志未酬，外面傳你安分守己，可是你沸騰的心志，只有我知道，我看你無時無刻不在苦練……你不能敗的！我知道目前『武林四大家』中，以北城城主武功最高，我故意躲到路上誘殺他，沒想到真的撞上了『叫春五貓』，給周白宇殺了……我沒有下手殺掉他，但是，我決不容許他擊敗你！」

「胡說！」藍元山痛苦的低叱。

「我沒有胡說。你娶了我之後，我什麼也幫不上忙，我沒有白姑娘在江湖上的俠名，也沒有伍姑娘的廣得人心，我……我什麼都不會！這次……這次想幫你，卻壞了名節，還連累了你……」

「住口！」藍元山寒白如罩著霧氣的臉肌裡，像有幾百條青色小蟲悸動著。

「我不能住口，因爲你把罪名全挑上自己頭上，你根本不知道我這樣做，也不會允許我這樣做，但你怕我受那九宗命案之累，擔起這黑鍋來……」

霍銀仙從激動的抖慄轉而無告的掩泣。

「但我……我卻不知道，不知道你是……你是怎麼知道的？那天我回來，你問我的時候，我只是說……我在權家溝逗留一宵……你是怎麼知道的呢？」

「眼神。」藍元山一笑，令人心碎，「周白宇看妳的眼神，和妳看周白宇的眼神。」

「我們……畢竟相處這麼多年了……」藍元山下面的話，成了漸低的喟息。

◇◇◇

周白宇虎地跳了上來，滿臉漲似火紅，嘶嗥道：「但是我呢？」

他的眼眶吐出赤火，「嗤」地撕開前襟，指著蒼白的霍銀仙呼吼道：「妳爲什麼當時不一劍刺死我?妳當時爲什麼不真的殺了我!」

眾人被這段姦情的漩渦所迷眩、惶惑，同時怔住也震住了，不知所措。

第三部　恐怖的兇手

第一回　死向藍山

一

就在這時，「砰」地一聲，一人倒了下去，周白宇一看，原來白欣如容色慘白，暈了過去。

周白宇怔了一怔，跪倒呼道：「欣如——」伸手要去探白欣如的腕脈。

忽然一雙纖手隔開了他的手，反掌一推，周白宇猝不及防，跌出三、四尺，背後「碰」地撞著了石桌，痛得似一陣冰椎戳入背肌。

周白宇喘得一喘，定眼看去，原來出手的是江愛天。

她把碰格周白宇的手所觸之處，用一條名貴質底極好的絹絲抹揩，然後毫不足惜的扔棄，鄙夷之色，形於眉目。

居悅穗和梁紅石，正扶起白欣如。

周白宇掙扎而起，只聽奚採桑道：「霍銀仙既不是兇手，我們對她也無話可說了，白姑娘暈了，我們送她回去。」

周白宇忍不住道：「你們要送她去那裡？」

休春水冷冷地道：「總之，白姑娘是不能回到豺狼一般的淫賊手上，我們幾人還在，誰也別想再騙這可憐的女孩子。」

江愛天道：「把白姑娘送到我家去。」幽州江家，實力宏大，富甲一方，就算北城也難及背項。

江愛天向追命道：「我們會保護她的。」

白花花道：「我也一起去。」

黃天星嘆道：「花花跟我一起，既凶險又沒人陪她聊，你們就帶她一起去吧。」

梁紅石沉吟一下，道：「這樣也好，這裡烏煙瘴氣，還是我們女子一道的好。」

黃天星道：「賤內體弱，還請多加照顧，過半日我會親至江府接她回來。」

梁紅石道：「好。」

司徒不斜眼睨著他的夫人，冷笑道：「兩個女子，可要妳們保護，責任重大，別出了意外才好。」

梁紅石「呸」了一聲，反譏道：「你們幾個大男人在一起，到頭來，不也是一樣保護不了我們的貞節性命！」

黃天星對白花花疼惜地道：「要不要春花秋月也跟去？」

白花花微弱地道：「我自己能走。」

奚採桑關心地趨近問：「妹子是啥病？」

白花花低聲道：「是肺病入侵，逢著陰雨時便皆發作，都給耗虛了。」

居悅穗好心地道：「不要緊，我扶妳。」

說著五姝便由居悅穗扶持白花花、梁紅石攙扶白欣如。

江愛天向眾人一揖：「告辭了。」便一行七人走出了撼天堡。

司徒不望著他們背影冷哂道：「幾個婦道人家，居然當起家來了。」

元無物道：「女中也有英豪，司徒兄不能蔑視。」

司徒不乾笑兩聲：「我可沒輕視她們。」

這時，藍元山長身而起，疾步行出。

霍銀仙張唇想叫住他，但沒有叫出聲音來，只是藍元山背影微傴，有說不盡的孤愁。

周白宇猶在怔怔發呆，像一個活了半生腦裡驟然只剩一片空白的痴人。

奚九娫忽道：「藍鎮主不能走。」

江瘦語詫問：「為什麼？」這樣尷尬的局面，他巴不得這幾個情孽遺恨的男女早走早了。

奚九娫道：「伍姑娘是在藍鎮主挑戰殷寨主時被強暴殺死的，這件慘禍，多少是他促成的，至少應該有個交代。」

殷乘風此時慘笑道：「人都死了，有什麼好交代的？只要找到兇手，報此血仇，才能奠祭彩雲在天之靈。」

「話雖如此說，」平實的敖近鐵插口道：「但為了江湖上不再掀起不必要的腥風血雨，我還是要藍鎮主的一句話。」說罷他望向追命。

追命瞭解，他明白那是一句什麼話。

敖近鐵是希望藍元山不再約戰，如此方才免去一場白道上互相傷殘的戰役，也可避免歹徒的趁虛行兇。

追命點頭。

江瘦語拂袖而起，「好，我去追他回來！」

元無物霍然道：「我陪你去。」

「藍鎮主要是不回來，我綁也要綁他回來！」

二

大堂上只剩下黃天星、殷乘風、周白宇、追命、奚九娘、敖近鐵、司徒不、葉朱顏及霍銀仙等幾個人。

黃天星自斟自飲，嘆道：「沒想到，今日我們『武林四大家』，不是不如意，就是蒙了恥，東堡南寨西鎮北城，可以休矣。」

追命截道：「黃老堡主，如果你指的是自己打探決戰結果，那對自己未免太苛責了，你當眾揭露自己的陰私來使藍夫人不致蒙冤，這種豪氣，怎可以『休矣』？」

他繼續道：「如您老指的是殷寨主，他只不過勇於決戰，稍微逞強好勝一些，這是任何武林中人在所難免，也許，沒有這一點，也不爲武林中人了，只不過表現出這種豪勇之氣，方式各有不同而已。」

追命繼而笑道：「伍姑娘之死，確屬不幸，但不能怪責於殷寨主。至於周城主、藍鎮主、藍夫人……身在情網中，誰是得失人？外人不在情愫翻捲之中，妄加評定，也未免對當事人太不公平了。」

黃天星怔了一會，瞠然道：「追命，你可知我跟你年紀差一大把，武功差一大截，經驗差一大段，爲何還能相交莫逆？」

追命笑道：「爲何？」

黃天星一口乾盡壺中酒。「因爲你不拘泥成見，不食古不化！」

追命也一口乾盡葫蘆中酒。

追命一面將酒罈的酒灌入葫蘆裡，一面道：「是麼？但我覺得老堡主跟我根本還沒有到相交莫逆的地步。」

黃天星怔了一怔，仰天哈哈大笑，擊桌道：「對！對！我跟你大師兄，才是忘年至交，跟你說話，真虛偽不得，虛偽不得的！」

追命笑道：「人一虛僞，就沒有意思了。」

在旁的奚九娛忽接道：「追命兄高見，自然可敬可佩，但素來名門自居的江公子若在，只怕就要視爲異端了。」江瘦語是豪貴人家之後，素來自負清高，不與語言卑俗的人往來。

追命卻微笑道：「其實奚兄心裡所想，只怕也跟江公子相去不遠，只不過藉江公子之意道出罷了。」說罷哈哈大笑。

奚九娛雖是窮酸秀才，屢試不第，但也自命才調，自視甚高，追命一語下來，倒是說中了奚九娛的心思。

就在此時，外面一陣騷亂傳來。

追命臉色微變，道：「恐怕……」

只見兩名「撼天堡」壯丁，匆忙入報：「不好了，元大俠和江公子，就在離堡半里不到的『古今欄』附近出了事……」

「我去看看。」壯丁的話未說完，追命已似沙漠裡的水氣一般地消失了。

黃天星聞得有人竟敢在東堡附近下手，簡直如同捋他虎鬚，氣呼呼的捋起長衣，大步而去，葉朱顏、司徒不、奚九娛、敖近鐵都緊躡而出。

廳中只留下殷乘風、周白宇和霍銀仙。

殷乘風在沉默中一跺足，向周白宇說了一句話：「周城主，你我相交匪淺，或義或利，是正是邪，爲敵爲友，全在你一念之間，望你善加抉擇。」

說罷，也似一陣閃風似的掠刮出堂外去。

三

大堂外的秋風刮得像被急急追蹤似的，有一棵樹，只剩下幾枝光禿禿的枝椏，讓人驀然升起有一種冬臨的感覺。

伸出來的手指，如果沾了水，在堂前一站，很快就讓勁風吹乾；琥珀色的酒泛漾著燈色的暖意。

霍銀仙忽毅然道：「你跟我來。」她像燕子劃水一般掠了出去。

周白宇跟著掠出去，他的身形剛飄起的時候，就瞥見一塊落葉，在空中劃著無力的圈圈下降，他感覺到自己的志氣也如落葉。

但他又不能不跟去。

他們未久便來到了「撼天堡」後的一處菜圃，一行行的小土堆長滿了茁綠肥厚的芥蘭葉，每瓣至少有嬰兒臉龐大小，很多小黃蝶翩翩芥蘭花上。

芥蘭畦地之後，有一間小茅寮。

這是東堡躬耕自食的菜園，小茅寮是供給播種時候的工人休息用的。

霍銀仙本來只想往黃天星、追命相反的方向走，因爲藍夫人與周城主都是「撼天堡」中的熟客，所以堡中壯丁都沒有阻攔或盤問，霍銀仙要找一個無人的所在，就來到了此地。

她像行雲一般止步，周白宇在她身後三尺之邊停下，鼻端聞到霍銀仙如瀑烏髮，在疾行時飄揚的清香。

霍銀仙停住，痴痴的望著菜園後那座淡藍色隱然的山。天空有幾隻悠閒的飛鳥，襯托得藍山下的村落更是柔靜。

霍銀仙幽幽地道：「山的後面，便是伏犀鎭，那是天底下最美麗的地方。」她徐徐轉過身來：「你知道我爲什麼去找謝紅殿？」

周白宇痴痴的搖頭。

「我去問謝姐姐，我想把你殺掉，謝姐姐說，那是沒有用的，你死了，元山也沒有勝，元山要的是勝利，她只是告訴我這一點。」她咬著下唇說。

「但是妳——」

「我答應她改變原來的意念後，前思後想，仍不放心元山和你之戰，所以我到江畔的路上等你經過……可是沒想到，差點受了『叫春五貓』末氏兄弟的污辱，真的讓你救了我……」霍銀仙垂下了頭，夕陽照在她側臉，從耳垂至頭際掩映著烏翼一般的髮，美得令人看不清楚她的面目。

「我幾次想動手殺你，但都……」她低聲得像夕陽沉近山腰。

周白宇上前一步，他的喉頭滾動著聲音，卻發不出話來。

「我知道我這樣做，是害了你……」霍銀仙的聲音倏然止住，因爲周白宇的手，已有力的搭在她柔弱的肩上。

「我願意。」

兩個人在夕陽映在眼瞳裡的一點灰燼般的暗紅，互相凝視，久久沒有語言，只有晚風拂起鬢茨掠過耳際的輕響。

殘霞替黛綠色的芥蘭葉上，塗了一層胭脂色。風徐過，周白宇忍不住把臉趨向霍銀仙的粉腮。

「我不能再對不起我丈夫……」

「我明白。」

兩個人的聲音在黃昏景致中都是悽落的。周白宇只來得及看到，霍銀仙鬢側背著夕陽光照映下幾絡鍍金般的髮絲，忽輕輕顫動了一下，便感覺到一種近乎痲木的冰冷，一下子深入胸膛箍住他的心臟。

◇◇◇

他忍不住發出聲音，低首看見自己的白衫，並不是因爲夕色而是因爲血色而紅了，霍銀仙徐徐拔出沾著血雪亮的懷劍。

周白宇的手指一根一根的鬆了開來，「也許……」他喘嘆道：「妳早該殺了我……」

霍銀仙寒白如霜的臉，在夕照中看緩緩撲倒的英偉身軀，然後，向藍山用一種緩慢的決絕，跪了下來，把劍尖遞入自己的心口，臉上的決絕之色愈漸平淡……

黃昏的風，彷彿帶著艷紅的彩筆，把芥蘭葉子塗得醉紅。

第二回　血染古今欄

一

追命趕到「古今欄」的時候，血案已經發生。

倒在血泊中的兩個人，一個是江瘦語，一個是元無物。

藍元山不在裡面。

追命一看，江瘦語被一箭自後穿入胸膛貫出，已返魂乏術。

元無物右胸插了一箭，探脈之下，還有氣息。

追命立時把源源真氣，輸入元無物體內，元無物無力地睜開眼睛道：「……暗算……箭……」就急促地喘起氣來。

追命急問：「藍元山呢？」

元無物無力地道：「追……追丟了……」眼睛一閉，就暈了過去。

追命正想替元無物拔箭療傷，黃天星等人已然趕到，都教這景象嚇了一驚，奚九娖捋袖道：「我來。」追命知他深研醫理，便把元無物交給司徒不攙扶，由奚九娖替他治理。

黃天星氣得銀髯翻掀，「豈有此理！豈有此理！在古今欄裡下手，真當我東堡無人麼！」

司徒不忽道：「他們兩人，看來是一前一後，被人暗箭所傷，但他們的武功，非同等閒，莫非是……」

追命道：「不管這事跟藍鎮主有沒有關聯，但元兄、江公子是在追趕藍鎮主時遇伏的……我們得先趕上藍鎮主再說。」抓起酒壺，猛吞了幾口酒，臉上出現一種堅毅的神色來。

敖近鐵沉聲道：「那麼我們是分兩頭，奚兄、葉老弟安頓照顧傷者，我們去追藍鎮主。」

這時夕陽照在古今欄的紅杆上，份外深沉的碧落。

古今欄是一列紅亭和白欄，欄外是兩條白龍似的瀑布，近乎無聲的注入碧綠的深潭裡去。在夕照下的依稀景物，如此仿似圖畫，使得亭裡所流的鮮血，不像真實發生的一般。

追命倏道：「追藍鎭主，不必太多人，我去便可。」

黃天星怒道：「我也要去，你當我老了麼——」說著因過於激憤，「砰」地一掌向白欄亭裡白大理石桌拍下去！

葉朱顏一閃身，在桌上及時放了墊子，這時，追命想拋下一句話就追趕藍元山去的時候，忽乍聞耳邊有一聲駭魂攝魄的嘶吼。

好像一頭老獅子，忽然被人削去了利爪一般的吼聲。

就在這刹那間，嘶吼同時遽止。

追命也在同時間感覺到急風自身邊響起，「啪、啪」兩聲，兩件事物，已夾住他雙腿踝脛，同時兩張快刀，已斫在他腿上。

這只不過是刹那間的事，兩刀斫中追命大腿的時候，一劍往他臉門搠到！

追命大喝一聲，「嘩」地一聲，夕陽在他嘴裡噴出來的酒泉幻成七色，打在出劍者劍上，成了千百道蜂螫般的紅點。

狙擊者跌飛古今欄外。

二

兩柄刀斫在追命腿上，如中鐵石；一柄刀口反捲，一柄刀拿捏不住，疾飛了上來，被追命一手抄住，揮出了一刀。

這兩人想猝襲先廢掉追命兩條武功所聚的腿，但追命的腳豈是尋常兵器所能傷的？追命正想反擊之時，但驚覺雙踝已被兩條足有童臂粗的銅鏈鎖著，銅鏈連著整座古今欄，追命發力一扯，古今欄連環有十三座亭，只不過微抖了一下。

追命長吸一口氣，舞了一個刀花，封住前胸。

先用銅鏈鎖扣他雙腿又用刀斫暗襲的是司徒不與奚九娛，用劍刺臉而受酒激射所傷的是元無物。

黃天星右手被桌上的一具鐵箍夾碎了掌骨，葉朱顏並一刺捌進黃天星心腹裡，當黃天星怒吼著扣住葉朱顏手腕之際，敖近鐵已過去把他的脖子扭得像頭骨折了十八截一般。

局勢非常明顯：

黃天星已被葉朱顏和敖近鐵殺死；

自己雙腿已被扣，完全不能發出功效；

而對方五人中，自己只傷了一個元無物。

三

龍鳳雙瀑往峭壁無聲地滑落，注入深潭的景象，使追命想起他童年練腿功時，在瀑布終日沖洗的崖峭上立樁，時常可能被激流洗沖得像無聲的泡沫，往深邃的潭水墜落。

現在他也正在高處墜落——墜落到陷阱裡。

敖近鐵瞧瞧他足踝上的銅鏈，似十分滿意：「追命兄。」

追命笑了：「敖捕頭。」

敖近鐵淡淡地說：「你一雙無敵天下令人聞風喪膽的腳，而今好像已不能踢人了。」

追命笑道：「腳通常只用來站的。」

敖近鐵道：「不過追命兄的一雙腳，早已取代了雙手的用途。」

奚九娛接著笑道：「而且，追命兄的一口酒，也已經噴盡了。」

追命道：「如果我犯酒癮時，同樣可以再喝過。」他用沒有握刀的手，拍拍腰間的葫蘆。

「是麼？」司徒不目不轉睛的盯著他：「可惜追命三爺再也沒有機會喝酒了。」

在古今欄外的元無物，艱辛的爬起來，趺趺撞撞了幾步，他臉上有千瘡百孔似的小紅點，雙目無法睜開，蹌踉了幾步，終於又「叭」地一聲摜倒，嘴裡發出了一聲悶吼，胸膛卻噴濺出一道血泉。

元無物在地上滾了一滾，終於往瀑布落了下去，像一具被人遺棄的玩偶。

連回聲都沒有。

追命的酒泉，夾著暗器一般的內力，濺擊在他的臉上，在他未及掠退之際，已揮刀斫殺了他。

「是了，」奚九娛道：「我和司徒兄負責鎭扣你下盤斫你雙腿，元大俠負責迎面刺殺你……不過現在看來，你對元大俠那一刀，倒像早有防範。」

「他是假裝中箭的吧？」追命反問，「其實，是他背後用指挾箭，刺殺江公子，然後佯作中箭，來殺我……」

「現在說自然是無妨了。」奚九娛道：「若適才你替他療傷，自然發覺他中箭是假的了，所以我才立刻接手過去『救治』。」

「本來我也看不出來，」追命道：「只不過他這個『大俠』，實在太貪婪了，我用真氣灌入他體內，想讓他神智稍爲清醒一些，不料他不住的吸入內力，使我感覺到他內息頗強，全不似受了重傷的樣子，所以才提高了警覺……」

「我當時也懷疑到你，」追命凝視奚九娛，「曾聽說你醫道高深，真連有無身傷都瞧不出來麼？但見司徒兄、敖捕頭也全不示疑，我還以爲是自己多慮了……」

「不過，你還是在雙腿上蘊了力道。」奚九娛笑著接道。

「不然我還會留下這一雙腳嗎？」

「但是人死了有腳的跟沒腳的，都是一樣，」葉朱顏接道：「難道你做殭屍的時候要用來跳著走路？」

追命笑道：「我不做殭屍，要做，寧可做鬼，鬼可以乘陰風來去自如，不必踮著腳尖蹦蹦跳跳那麼辛苦。」

葉朱顏冷笑道：「你要做鬼，我們當然成全你。」

追命道：「你已經成全了厚待你多年的黃老堡主了。」

葉朱顏臉肌迅速地皺了一下，笑露了兩隻狡猾的犬齒：「我也一定厚待你。」

追命道：「你殺黃老堡主之後，當然順理成章，成爲東堡堡主了？」

葉朱顏道：「以前有資格跟我爭的人，鄺無極、馬六甲、李開山、魯萬乘、姚一江、尤疾、游敬堂全都死了，當然我就是撼天堡堡主。」

追命忽問：「如果白花花不同意呢？」

葉朱顏即道：「那就再多一條人命。」

追命遊目向敖近鐵、奚九娖、司徒不掃了一眼：「他殺黃堡主，爲的是奪權，你們呢？又爲了什麼？」

司徒不陰陰一笑：「不爲什麼。」

奚九娭道：「告訴你也無妨。」

敖近鐵反問道：「難道你自己看不出來嗎？」

追命想了一想，道：「東堡西鎮、南寨北城，如果毀了，這裡的武林圭臬，自然非諸位莫屬了。」

司徒不咧開大嘴，露出黃牙笑道：「這個自然是，再也找不到可以跟我們拚比的了。」

追命忽道：「不過，你們可不是一個人，而是好幾個人，要是一個人能擁有這樣子的地位，自是可羨，但幾個人瓜分，沒啥味道吧？」

敖近鐵冷冷地道：「你如果想出言離間我們，那是痴心妄想，我們做這件事之前，五人早已約好，各有所獲，絕不內鬨；現在元無物死了，剩下四人，正好平分『武林四大家』的勢力，不必爭論。」

追命加插了一句道：「哦，那麼元無物跟你們雖是一道，但死了也是白死了？」

這一句下來，令眾人心頭的炭火似給開掀了表面的灰燼，亮了一亮。

追命若無其事的說下去：「『武林四大家』，尚且要爭雄鬥勝，你們之間，誰當老大啊？」

敖近鐵沉聲喝道：「追命，你別挑撥我們——」

追命截道：「敖兄，我覺得這些人中，以你爲最穩，你既可以取得『四大家』之一的實權，殺了我之後，又擒獲殺我的兇手，要補『四大名捕』老三的缺，恐怕也勝劵在握吧？」

敖近鐵怒叱：「你——」

忽聽奚九娭道：「敖捕頭，你的確一石二鳥，敢情不會一網打盡？」

葉朱顏打岔道：「奚公子，別聽那狐狸的挑撥，亂了陣腳。」

奚九娭臉色一沉，低叱道：「我還用得著你來提醒？」

司徒不站過去奚九娭那兒，向葉朱顏喝道：「葉朱顏，你本來只是撼天堡小小一名總管，怎配和我們平起平坐，而今能奪東堡，全是我們助你，敖捕頭一早選上你，我已打從心裡不贊同了，你現在居然敢頤使我們來了？敢情你和敖近鐵真有勾結！」

葉朱顏揚起椎心刺，怒極叱道：「司徒不──」

奚九娛踏前一步，攔在司徒不面前，衝著葉朱顏：「你敢對司徒舵主怎樣？」適覺背後一麻，背心已被一枚烏雞鐵爪，抓入胃肺，像馬車輾過五臟一般，他整個人如一隻收縮的八爪魚，還未來得及出手，葉朱顏的椎心刺帶著黃天星未乾的血，送入他的小腹裡去。

奚九娛半聲不吭，登時喪命。

用烏雞爪突襲他的是司徒不。

四

司徒不獰猙的笑臉，像詭秘的鬼魅，在暮色中隱現。

追命嘆道：「素來俠義稱著的丐幫，居然也有你這樣的人物，不知可悲還是可畏。」

司徒不道：「奚九娛窮酸一名，本就不適合跟我們稱兄道弟。」

追命問：「江瘦語呢？」

司徒不怪笑道：「那種自以為清高到不得了的世家子弟，怎配跟我們一道謀大事？」

追命道：「所以你們就先把他除去？」

司徒不頷首道：「然後再除掉奚九娖。」

追命忽道：「現在『東堡南寨西鎮北城』四大家，你們卻只有三個人。有一個人，要多分兩家。」

司徒不冷笑道：「現在我們三人同心，你撥弄是非只白費心機！」

追命笑道：「同心又不同命，難道權力、富貴會嫌多的嗎？」

葉朱顏上前一步，驀叱喝道：「我殺了你！」腳步一跌，椎心刺已夾著尖嘯刺向司徒不！

司徒不臉色大變，怪叫：「你——」

就在這時，「噗」地一聲，敖近鐵雙手捉住椎心刺。

這回輪到葉朱顏臉色倏變，嘎聲道：「敖大哥……」

司徒不揮舞烏雞爪上前撲擊，也給敖近鐵一腳掃開。敖近鐵沉聲道：「我們不要中了他的計，此人未死，我們就先鬥得馬翻人臥，怎收拾得了他？」

司徒不氣得哇哇叫：「這王八羔子他——他暗算老子在先啊！」

敖近鐵逼前一步，唬得司徒不向後退了一步，敖近鐵霍然轉首向葉朱顏一字一句的問：「我們三人，是最先議定幹這大事的，為何你要對司徒不橫加辣手？」

葉朱顏一臉不服之色：「他剛才罵我不配跟你們……」

敖近鐵淡眉似火燒般抖了一抖：「平起平坐？是不？」

司徒不呼冤道：「那番話我是因為要誘殺奚九娛才說的呀！我若不殺了奚九娛，現在你早躺在地上了！」

「奚九娛那是我的對手！」葉朱顏仍是滿臉戾氣，「我出身沒你好，你以後少提這件事！」

敖近鐵道：「好了，好了，追命未死，我們就先鬧起來，還幹什麼大事，況且，『四大家』只死了一個黃天星，藍元山、殷乘風、周白宇都扎手得很。」

葉朱顏冷冷地道：「藍元山、殷乘風兩人已傷得半死不活，要收拾他們還不容易？」

司徒不也不甘示弱：「還有一個周白宇，也心喪欲死，此人貪花好色，誘殺他實不費吹灰之力。」

敖近鐵岔開話題道：「若不是今日四大家相互明爭暗鬥，我們一直仍對之心儀欽佩，仰之彌高，也不至於想出種種手段，生這種非份之想。」

「啪、啪！」一陣疏落的拍手聲，只見追命拍手笑道：「精彩、精彩，原來敖捕頭果是龍頭，應該分兩家，應該分兩家外加一個大名捕。」

敖近鐵也冷笑道：「失敬，失敬，追命兄一番語言，此地又得要流血了，只沒耍得我們三人也互動干戈。追命兄在客店對付十三兇徒的一招離間計，可真管用。」

原來追命在緝拿十三元兇案件中，被人擊成重傷，點了穴道，但他用一番挑撥煽火的話，使得「關東大手印」關老爺子、「鐵傘秀才」張虛傲、「毒手狀元」武勝東互拚俱傷，他才猝然出手扳回勝局，敖近鐵是幽州名捕，對此役自有所聞。

追命嘆了一聲，道：「可惜遇著能夠把持大局的敖兄……」

他苦笑一下望向敖近鐵，「我雖然已明白爲何你們要殺黃天星、江瘦語等，卻不明白你們爲何要幹下九宗女子的兇殺案。」

敖近鐵冷冷地道：「答案很簡單。」

追命從敖近鐵的鐵臉上，轉望那沸騰而無聲的飛瀑。

敖近鐵繼續說：「因爲那九宗案件，我們一件也沒幹過。」

葉朱顏也眯著眼睛接道：「要玩女人，我們在江湖上大可神不知、鬼不覺的去幹，何必專挑那麼難惹的角色？」

司徒不怪臉陰森森地笑道：「這是實情，你信也好，不信也好，總之，此情此景，我們已無需要訛騙你。」

追命沉吟了一陣，臉上已有了一種微悟的懼色。

「可知道是誰幹的？」追命緊接著問。

「要是我知道，早就拿下人犯作升官之攀躋了。」敖近鐵道。

「那些案子，關我們屁事？」葉朱顏陡笑了起來。

司徒不臉肌牽動了一下，冷森森地道：「反正不是我們幹的，而且你也是快死的人了，還要知道來幹啥？」

追命怔了一會，喟息道：「我一直以爲……我也覺得你們實在不會愚蠢到犯下那些大案，所以，也沒防著……」

敖近鐵露出一種行家的笑容：「有道是，殺雞的人不一定會偷雞，偷雞的人不一定會殺雞呀。」

追命忽道：「看來，我們在古今欄那麼久，撼天堡的人也沒來接應，是葉兄的擺布了？」

葉朱顏笑道：「我早命他們勿近此地，所以你若想延宕時間，待人來救，還是不如早認命吧。」

司徒不也獰笑道：「至於藍元山，此刻早已回伏犀鎮了吧？我們明日才去收拾他。」

敖近鐵忽道：「不過——」他仰首向古今欄的亭子上朗聲叫道：「殷寨主還是請下來吧。」

第三回　恍惚的暗霞

一

敖近鐵說完那句話之後，不管殷乘風是不是已經準備下來，他已似一頭怒龍般撞碎亭頂，衝了上去。

敖近鐵剛破亭頂而出，就見眼前劍光一閃。

敖近鐵十二歲就在衙裡當小役，二十八年來跟三山五嶽、五湖四海的人馬、十八般武藝左道旁門的兵器交過手，但從來沒有見過那麼快的劍光。

要不是劍光中帶有瑕疵，敖近鐵必躲不過這一劍。

這一劍本身的速度，猶如燃石敲著的火光一般，自然而生自然而滅同時也自自然然地達成了它的任務：點亮或者殺人，完全沒有破綻；有瑕疵可尋的是使劍的人。

殷乘風身負極重的內傷。

他猝遇狙擊，及時出劍，但亭頂爲敖近鐵所裂，他立足不住，劍刺出時，人已往下沉去，劍鋒也偏了一偏。

同時間，敖近鐵的臉也及時側了一側。

劍鋒在敖近鐵左頰上劃一道血痕。

殷乘風往下墜落，卻向外掠去。

亭頂飛石簌簌而下，司徒不的烏雞爪化爲赤練圍繞一般的掌光與蛇信疾吐的急嘯，追襲殷乘風。

殷乘風像一張青色的葉子般飄飛出去——他是「三絕一聲雷」伍剛中嫡傳弟子，輕功僅次於劍之速度，烏雞爪撕碎了他肩上膊上幾片青衫，但殷乘風的劍已似毒牙一般回噬過來。

司徒不人在半空，全身每一寸肌筋都在追擊狀態中，除了發出一聲長嗥，已來不及封架這一劍——反而像彈丸般直撞向劍尖。

如果沒有敖近鐵的一記鑿拳，敲在劍身上的話，司徒不只怕已真的變成串在劍身上的肉丸。敖近鐵及時擊中劍身，劍鋒一沉，只在司徒不腹間劃了一道長長的血口！

這時三個人一齊落地，落在亭外，殷乘風背後是無聲的飛瀑，司徒不背後是古今欄，敖近鐵背後是石亭。

三人交手各一招，三人都負了新創。

三人對峙，但局勢非常明顯：以殷乘風本身的武功，以一敵二，決不致落敗，但是他而今身負重傷，要力敵二人，則必死無疑。

二

敖近鐵、司徒不、葉朱顏三人的配合，十分周密，當敖近鐵衝上亭頂攻襲殷乘風之時，司徒不已在亭外等著截殺殷乘風。

而當司徒不截擊殷乘風之際，葉朱顏的「椎心刺」已向追命出了手！

追命揮刀「噹」地架住一刺，雙足全力一收，簌簌之聲夾著一陣搖顫，古今欄中十三座亭子一齊俱爲之灰石紛紛墜落如雨。

原來他一面和敖近鐵等對話，一面已暗運功力，將裂石開山的腿功潛入亭柱，立意要扯斷銅鏈。

只是這銅鏈雖只各尺餘長，但爲「黑面蔡家」的觶銅所製，饒是追命的腿功再高，也扯之不斷，觶銅鏈纏在石柱上，而石柱又是十三亭五十二柱相連，除非追命能一口氣拔五十二根石柱，否則，爲尺餘銅鏈所限，一隻腳等於給廢了。

敖近鐵等人深悉追命的功力，要是攻取他全身要穴，只要他一雙腿仍在，那倒霉的必定是攻襲者，所以司徒不和奚九娛一上來就鎖了追命兩條腿。

元無物要一擊搏殺追命，反而先遭了殃，便是一例。這時，追命一扯不斷，氣往上窒，漲紅了臉，像一個不會喝酒的少年一下子灌了一罈子女兒紅。

追命這一扯，卻驚動了在亭外的敖近鐵。

一扯之力，十三石亭，俱爲震動……敖近鐵大呼道：「不能給他再扯！」在葉朱顏奮力向追命出手的同時，他喊道：「殺了崔略商！」並向殷乘風發動了全力的攻擊。

「崔略商」就是追命的原名，只是他的腿功與追捕名聞江湖，武林中都叫慣了他的外號「追命」而多忘卻其原名，正如冷血原名「冷凌棄」，鐵手原名「鐵游夏」一般教人遺忘（詳見《四大名捕走龍蛇》故事之《碎夢刀》），敖近鐵因在公門做事，所以反而常喚追命原來姓名。

其實不待敖近鐵吩咐，知機的葉朱顏早已發動全力，要在追命發出第二次力扯前殺掉他。

但葉朱顏並沒有立時攻擊。

他全身縮成一團，椎心刺遞在前面，像一頭獨角獸，揚起他的利角，要刺入追命的身體裡去。

由於勁力遍布全身，他身上發出一種猶似瀑布拍打背項的啪啪聲響，相形之下，欄外飛瀑，愈發無聲。

追命凝視葉朱顏，揚起了刀。

他不能閃，不能躲。

也無法退，無法避。

在亭裡漸暗的暮色中，他面對的，決不是一個人，而是一頭陰險的獸。

而他，是一個失掉武器失去自由的人，如何應付這猛獸的攻擊？

三

就在這時，在怒拳與爪影中，青衣一晃如燕子剪翅，橫翔過飛瀑，躲過敖近鐵與司徒不的猛襲。

殷乘風的劍，濺起了飛瀑的幻彩，在夕照中幻起一道精虹，飛射司徒不！

水光漾著劍光，司徒不的烏雞爪破空飛出，爪柄拉著一道長鏈，爪鉤已抓中劍芒。

敖近鐵的雙掌也倏地欺近，身在半空負重傷的殷乘風，無論如何也抵受不了這下兩大高手的合擊。

忽聽一人喝道：「莫要怕，我來也！」

「砰砰」二聲，敖近鐵的雙掌被人接下，兩人俱是一晃，殷乘風趁此提氣，掠回岸邊，只見來人藍袍在暮色中鼓勁欲飛，正是伏犀鎮主藍元山。

藍元山喝道：「你們幹什麼？」

追命在亭內大叫一聲：「他們已殺掉黃老堡主，要盡毀『四大家』取而代之！」

藍元山怒叱：「卑鄙！」

殷乘風如夢初醒，猶在閻王殿前打了一個轉回來，「你怎麼又回來了？」

藍元山藍袍佇立在瀑前：「我適才不顧而去，走到半途，擔心銀仙，便折回來了。」

殷乘風道：「我們四大家，實在不該互動干戈，要不然，黃堡主也不致為人所趁了。」

藍元山嘆道：「要是周城主也在這裡就好了。」

殷乘風道：「是，想當年，多少次敵眾我寡的征戰，我們四人聯手禦敵，銳不可擋……」

藍元山靠近殷乘風一站，靜靜地道：「現在還有咱們倆。」

他說完這句話，幽靜的無聲瀑，忽然喧嘩奔騰起來：原來上游的山峰，因天寒而漸結冰塊，隨著炎陽黯淡而薄結，被流水送落瀑布，與絕壁岩石敲響了金兵之聲。

雨霧飛濺，盡濕衣襟，一藍一青兩條人影，佇立崖前。

司徒不惶然望向敖近鐵，醜臉布滿了閃動的汗光。

敖近鐵冷冷地道：「兩隻斷翅的鷹，有啥可怕？一齊做了，省事省力！」

就在這時，猝然傳來葉朱顏的一聲怪嗥。

四

追命爲求讓藍元山最快明瞭局勢，一語道破，但就在他防禦力稍微鬆弛之際，葉朱顏的椎心刺發出列帛破空之聲，當胸刺到！

追命揮刀去擋，刀被震飛。

接著下來，葉朱顏的刺像雷殛電掣一般飛刺追命。

追命空手對拆，已傷三處，左右騰讓，又傷二處，葉朱頰像一頭瘋狂的獸，瘋狂地在作瘋狂的攻擊。

就在他攻擊到瘋狂的沸點之際，追命猛一張口，一道酒箭，全打在毫無防備的葉朱顏臉上！

葉朱顏在剎時間猶如被沸水淋在臉上一般，他畢竟是武林高手，一面痛極狂吼，一面將椎心刺舞得箇風雨不透，護著自己，翻身退後！

——怎會這樣的呢……!?

——追命只有機會在他們未發動前喝過一口酒，已經噴出來射傷了元無物，再也沒機會喝酒了，是以自己才全無防備……

——追命還一直說話，怎會還能噴出酒箭……

葉朱顏痛得睜不開眼，旋舞著打橫跌撞流翻出去，這回他像一頭被沸水泡炙了的狂獸，負傷的獸！

他受此挫，是因爲不瞭解追命的功力，早已練成一口酒分兩次噴出，而且能將酒壓在喉下以舌音震動吐聲的武功。

葉朱顏傷臉掩目退去，追命再發力一扯。

「格勒勒……」十三座亭，全爲之撼動。

五

敖近鐵灰色的面貌，這時才告變了顏色。

——葉朱顏太無用了……

——決不能讓追命雙腿恢復攻擊力！

敖近鐵狂喝一聲，「銅錘手」夾著「混天功」，乍攻回藍元山、殷乘風。

藍元山的「遠颺神功」袍袖反捲，反挫「混天功」。他的「遠颺神功」本就在敖近鐵「混天功」之上，但因受重創，功力未復，至多只跟敖近鐵拚個半斤八兩。

但殷乘風立時出劍。

殷乘風劍快，藍元山內力渾厚，在敖近鐵而言，「銅錘手」和「混天功」是敵不住快劍奇功之夾擊的。

只不過司徒不的烏雞爪及時封住殷乘風的快劍。

敖近鐵一個翻身，急掠古今欄。

敖近鐵一走，在藍元山和殷乘風心中都暗叫了一聲：可惜！

兩人不約而同的感到：要是「大猛龍」黃天星在，那把金刀定能將敖近鐵截下來，要是「閃電劍」周白宇也在，必教敖近鐵躺下來。

敖近鐵飛竄而去，他的目的是要在追命扯脫鱓銅鏈之前，將他格殺。

但司徒不可不是這樣想。

他以爲敖近鐵不顧他而去。

因爲這種想法，所以他立時慌了，亂了。

所以他死了。

◇◇◇

藍元山雄厚的掌力，把心慌意亂的司徒不，逼得退撞在欄杆。司徒不身子一拗，頭觸地面，意圖一彈而起，惕然驚省時劍氣已映面，髮眉俱碧，要避已遲。

劍似冰斷一般切入喉頭。

司徒不重新落下，腳靠欄杆，腰拗直角後腦觸地，血液自喉管倒流到髮鬚，再淌落地面，不知要流到什麼時候，才能抵達崖下的潭水，沖淡了血腥，變成了清流。

◇◇◇◇◇◇

六

敖近鐵掠近石亭之時，追命已發出了他全力以赴的第三次力扯。

「轟隆隆……」十三座石亭，一齊拔起，巍然坍倒！

敖近鐵這時正掠入亭，追命卻似電射一般閃了出來，宛似寒蟬落地，敖近鐵猛見已失去追命蹤影，踢飛石塊、碎片已隆隆落下，他怪叫一聲，情急之下，只有雙掌呼呼亂舞，護著自己！

但是無情的石塊巨木，不住的往他身上頭上砸下去，他擊飛幾塊木石，身上也著了幾擊，正欲退出險地，忽然，電掣風飄，眉心一涼，胸膛也給人輕飄飄的印了一掌。

在那剎間的感覺，比起石塊打在他身上的感覺，可以說是舒服得多了。只是他覺得全身已乏力，那些木頭石子打在他身上，變成是瀑布水在沖刷一般柔輕也遙遠。

他呻吟一聲，返身抱住了一根搖搖欲墜的紅色石柱。

他的血就灑在紅柱上，夕陽的暗霞把血色和紅柱，全都吸成赭色。

漸回復視力的葉朱顏搖了搖頭，眼中的神色比夕陽更絕望。

藍袍人長衣覆履，青衣人畢立若松，兩人的手握在一起，看坍塌的古今欄，斜陽映照。

葉朱顏默默地走向欄杆，回首掛了一個半無奈、半不忿的笑容，縱身一躍，直落深潭。

潭水深碧。

湍瀑不息。

七

「經過了這一戰，」追命嘆息地道：「不管是誰，都莫啓戰端了。」

藍元山垂下了頭。

夕陽已快西沉了，剩下一點黃色，映在藍衣上，像晚霞一般靜止。

鳥飛山外山。

——彩雲已黯淡。

想起伍彩雲，殷乘風心裡一陣絞痛。

「究竟誰殺了彩雲？」

追命看著夕陽如畫，飛瀑如織，臉上浮起一片不祥之色。

「不管是誰，我們都來不及了。」

「無論是誰，天網恢恢，疏而不漏，殺人者終被人殺之。」

「我們先回去撼天堡吧。」追命哀傷的看著黃天星白髮蒼蒼的屍首，「周城主、藍夫人迄今還未出來，只怕是……出事了……」

他不幸言中。

殘霞泣血，此時芥蘭菜畦之畔，藍元山腳下的兩具屍體，血已流乾，彷彿有俏皮的神祇將他們的血，塗在西天哀艷的畫板上。

第四部 無情的快樂

第一回 白花花的白花

一

在夕陽徐徐落下，夜暮漸漸替代之際，周白宇和霍銀仙，在撼天堡芥蘭圃地上，仰受著山影的藍意血盡而死。古今欄轟然塌倒中，結束了多條性命，把伏犀鎮主、青天寨主兩顆江中激戰的傷心，結成豪氣。同樣的，白欣如、梁紅石、江愛天、休春水、奚採桑、居悅穗、白花花這一行七人，在回幽州江府世家的途上，遙見那一輪殘陽如血。

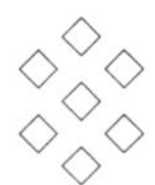

白欣如已悠悠轉醒，她只願暈去不再醒。

此刻她心絮亂如織機上的煩絲，折不開、剪不斷，她只知道一點：白宇和我，都不能容於世上。

她也想到霍銀仙，也想到藍元山，但她一想到他們，心裡就像有幾個小孩子在狂踏織機上的亂線。

——她肚子裡已有了周白宇的小孩……只是，他還未知道……

想到這裡，白欣如真恨不得就此死去，但更感到絕望的是自己決不能死。

就在這時，馬車轆轆，已至江府。

江府是豪門大戶，單止門前兩隻人高石獅，是金鍍的，馬車上鑲嵌象牙白玉，就可以知道主人的奢華之氣，揮金如土。

連同馬鞍，也是金子打就的。

江愛天叫梁紅石把白欣如扶入自己房去，瞥見白花花站得如風中弱花，鬟上的花也楚楚可憐，便道：「黃夫人也到室內躺一下吧。」

白花花並不情願：「我撐得住……」

休春水道：「唉呀，怎麼身子恁是贏弱，這怎經得風霜呀。」

白花花低聲道：「我不要緊……」

奚採桑道：「這強充不來的，看妳站也站不穩，還是進五妹妹房間歇一下吧。」

於是不理白花花的反應，居悅穗就把白花花扶入臥房。

江愛天向背後的七八個婢僕道：「去，去，我們要商量大事，除了大少爺回來，誰也不許打擾。」

眾僕都退了出去，只剩下江愛天的兩個貼身侍婢，一個爲大家奉茶倒水，一個替江愛天捏臂揉背。

奚採桑羨慕地道：「五妹妹好福氣。」奚採桑、梁紅石、休春水、居悅穗、江愛天五人早結爲姊妹，以江愛天年紀最輕，所以排行第五，但因江愛天最有錢，她們之間的錢財方面，可以說是全由江愛天一人供給。

江愛天蹙眉揉心嘆道：「富貴乃是俗物，市儈方才希罕，我看著這些不好玩的事物，心裡就生憎。」

奚採桑笑道：「妹子嫌多，我可欣羨，不如布施一些，給我們花用，天下之至樂，想來莫逾於此矣。」

江愛天沉下了臉：「沒想到大姊也是個糊塗萬分的俗人，教珍奇蒙了眼。」

休春水盈盈笑道，「話不是那麼說，五妹子既然美玉黃金，已司空見慣，我們這些沒出息的姊妹可抵押勒贖的過活，不如布施布施給我們吧。」

江愛天冷笑道：「好沒規矩的，識著妳們算我們倒媚，我雖沒把古玩奇珍瞧在眼裡，但家父家兄，可視作命根子，妳們怎能老不識羞的跟我要？」

奚採桑笑道：「就算是妹子說我們豬油蒙心，財迷心竅，今日我們也要得遂心願了。」

江愛天怒道：「妳——」下面的話未說出來，奚採桑、休春水一起發動。

江愛天一呆，沒想到兩人真的出手，就在這一怔之下，只來得及與奚採桑正面對了一招，右胸第十一肋骨處的「章門穴」，爲休春水所扣，同時被制的還有背心「魂門穴」，居悅穗也閃至她背後，拿住她後頸的「天柱穴」和背門的「神堂穴」。

江愛天瞪大了雙眼，張大了嘴，她畢竟是富家小姐，缺於應變之能，兩個婢僕，本在替江愛天推揉捶腿，驚呼一聲，紛紛退後，一個刷地拔出懷匕，一個返身向外奔去。

可惜她才返身，門口飛起一道精光，「噗」地一聲，沒入這婢女的腹腔裡。這婢女哀呼半聲，站在門口邊出襲的梁紅石已用左手迅速掩住她的嘴，右手的飛魚刺卻往下一拖，婢女瞪大了眼，受著裂膛之痛，當她失去力量站立之際，梁紅石扶住了她，迅速地剝掉她身上的衣服。

她的裸屍與死狀，令剩下一名婢女握著的懷匕劇烈地抖動起來。

奚採桑將一隻手指，放在唇邊，悄聲道：「別叫……」

婢女嚇得幾乎要哭出來了：「妳們——」

奚採桑像一個大姊姊般的行近去，低聲柔氣的說：「我們，不會傷害妳的——」

婢女揚著刀，哭叫道：「不，不——」

奚採桑柔聲得像疼襁褓中的孩童一般的口氣，「妳不叫，我們就讓妳走，我們跟妳家小姐是金蘭姊妹，又怎會傷害妳呢？」

她向婢女伸出了手，微笑著道：「來，把匕首給我。」

婢女雖練過武功，但從未歷過這等場面，抖得連衣衫也像蜻蜓的翅膀，奚採桑進一步，她就退一步，「碰」的一聲，背部已觸著牆壁上的字畫。

奚採桑一口氣，舉起了手，「給我……」

婢女望向被制作不得聲的小姐江愛天，哀叫道：「不要殺我，不要害我……」

「不害妳，不殺妳……」奚採桑一面說著，手指已觸及匕首，猛地一擰，已將匕首奪過，隨著半聲哀號已將婢女手扭背後，橫匕一抹，「嗤」地一聲，一股飛血，自婢女玉頸噴向牆上山水畫上，呈現鮮紅的血花。

婢女喉頭像一隻被割喉的雞，悶吭幾聲，抽搐幾下，終於癱軟，奚採桑又迅速除掉她的衣服，任她躺在自己的血泊上。

「……其實妳們也是富貴人家的奴僕丫環，誰教妳身處豪門？這可怪不得我們……我們本來要殺的不是妳。」奚採桑這樣咕噥著，然後提著血刀，逼近江愛天。

江愛天此時已嚇得魂飛魄散，就算休春水和居悅穗不制住她，她也未必說得出話來。

奚採桑微笑著，把手一擺。

居悅穗和休春水同時鬆手——在鬆手之間，一個點了她右腰下的「志室穴」，一個封了她頸項的「風池穴」。

◇◇◇

江愛天的臉，軟綿綿的趴在桌上。

奚採桑的血刃，在她眼前晃過來，晃過去。

江愛天悲聲道：「別……別……妳要什麼，我都給妳，我都給妳！」

奚採桑道：「我？我們什麼都要。」

江愛天顫聲道：「妳們，妳們……」

奚採桑笑得十分淫邪：「我們？我們就是幹下九宗大案的人。」

江愛天被這一句話，猶似雷霆霹靂一般，擊得心膽俱裂，魂飛魄散。

奚採桑笑著，她的聲音忽然有了一種奇特的改變，像一向家裡養的母雞有一天喔喔地啼起來，變成了雄雞。

「我是陰陽人，姦了妳，再殺了妳，就如那九宗案子一般——不過謝紅殿算是例外，她太厲害，差點給她逃脫，只來得及殺掉，對死人我沒興趣。」

「妳們富貴人家，好寫意啊，」梁紅石狠狠地道：「我們呢？我丈夫是丐幫分舵主，什麼苦沒受過，現在我們要妳們也受受痛苦、欺凌的滋味。」

「不過，我們的丈夫都不知道我們幹這種事；」休春水詭異地笑道：「他是市井豪俠，流的血已可以澆遍妳院子裡種的花吧？好不容易才在今天在武林中有一席之地，他是大俠，不幹這種事，我可不管！」

「有一天我們的丈夫會感激我們，讚我們做得好、做得妙，做得夠絕夠痛快的！」居悅穗道：「我丈夫做捕頭，一寸血汗一寸險的捱，破了大案千百宗，收入還不夠一個小賊頭！」

「妳聽聽，江五妹妹，」奚採桑笑得古古怪怪的，向嚇得魂不附體的江愛天道：「我是窮秀才奚九娭的姐姐，也是他哥哥，我可不能目睹他一世人沒出息，一輩子挨窮挨餓。」

「別殺我……」江愛天的眼淚沒命的流，卻忘了哭泣，「求求妳們饒了我……妳們要什麼，我都給，我都給……」

「本來就不由妳不給，」奚採桑血匕又一揚，冰涼沾血的刀鋒貼近江愛天的臉頰：「我先要了妳，再殺妳全家，財物洗劫一空，要是妳哥哥江瘦語回來，也一併把他宰了，『四大名捕』任他們怎麼查，都以為是淫賊幹的，千料萬猜，都想不到是我們幾個鬧著要擒兇正法的婦道人家！」

說到這裡，奚採桑低聲怪笑起來，由於她心中著實喜歡得意，是以手上的刀鋒將江愛天的臉龐刮得沙沙作響，她也不為意。

「其實窮苦人家對你們這些窮奢極侈、出盡風頭、享盡清譽、色藝遠播的世家子弟，早已深痛惡絕……」奚採桑一字一句地道：「『十全才女』于素冬、『富可敵國』錢大老闆的愛妾殷麗情、『燕雲劍派』女掌門人尤菊劍、『青梅女俠』段柔青、『女豪俠』冷迷菊、『彩雲仙子』伍彩雲、岑御史愛女岑燕若、『女神捕』謝紅殿、『淮北第一英雄夫人』顧秋暖……莫不是這樣死的。」

她每報一個名字時，江愛天就像心口被擂了一下似的顫了一顫，到最後奚採桑還斜睨著她，補了一句：「現在輪也輪到妳了。」

「妳也睡安穩大覺適意久了，如今，讓妳嘗嘗辱而後殺的滋味。」

「我不要……」江愛天無力地哭道：「我不要……」

「小姐啊，」奚採桑用刀在她的臉上刮來刮去，現出一抹又一抹的紅痕，迅速散向白色的肌膚上，「怎由妳說不要？」

梁紅石、居悅穗、休春水等都陡地笑了起來，那聲音在江愛天耳中聽來像是牛頭馬臉在地府尖號。

「這兒，交給我啦，」奚採桑淫笑道：「房裡還有兩隻小羔羊，勞妳們的駕吧！」她的聲音時男時女，忽雄忽雌，聽來刺耳難聽。

梁紅石笑道：「裡面兩個，一個傷心欲絕，一個弱不禁風，可經不起妳蠻幹。」

休春水笑道：「總得先收拾掉她們，再把江家全都宰了，財寶就歸我們了，再幾宗下來，也夠我們富貴榮華享不盡了吧。」

居悅穗笑道：「反正，我們幾人，互爲不在場証明，再多幹一、二宗，便遠走高飛去也，任四大名捕去查個烏煙瘴氣，我們只笑得直打跌。」

三人一面說笑，一面往內房走去。

江家的院落實在太大，江愛天的閨房跟臥室，也相隔好一段路，三人一面留意著金銀珠寶會藏在何處，笑笑鬧鬧到了臥房。

白花花低垂著雲鬢，倚靠在床頭枕上。

白欣如支頤在桌上，神色一片哀戚。

休春水走過去調解地道：「我說妹子呀，妳忒也太看不開了，男人準定不是好東西，世上那有貓兒不喫腥？要嘛，痛痛快快，等他回來，趁他睡著……」揚手作一刀斫下狀，又道：「不要嘛，爽爽落落，眼開眼閉，當他沒有的事，由得他胡天胡地，到頭來總要上老娘的床！」

白欣如秀眉微蹙，神色木然。

梁紅石繞過去到了白欣如另一邊，道：「妹子，何必苦苦思慮，徒傷身子嘛。」

白欣如臉白如石，垂目不語。

居悅穗走向床邊，悄聲問：「黃夫人？」

白花花應道：「嗯？」

居悅穗笑問：「睡著啦？」

白花花道：「還沒有。」

居悅穗笑道：「真可惜。」

白花花奇道：「爲什麼？」

居悅穗嘆道：「要是妳睡覺了就好。」

白花花問：「怎麼說？」

居悅穗冷冷地道：「妳身體那麼弱，要是神智清醒，怎受得了？」

她話一說完，不待白花花再問，拔出八極劍，橫擱在白花花的咽喉上。

二

白欣如乍聞背後有異聲，轉首去看，但背脊中心的弦間、風府、大椎、靈台、懸樞五處大穴，已爲休春水所封，正想拔劍，但腎儒、會宗二穴又爲梁紅石所扣，全身麻痹，動彈不得。

本來在這些女子當中，當以白欣如的武功爲最高，但她黯然神傷，且在毫無防範的狀況下，才教梁紅石、休春水二人所乘。

白欣如道：「妳們幹什麼？」

梁紅石笑道：「也不幹什麼，只是多幹一宗姦殺劫案而已。」

白欣如悖然道：「妳——」

休春水淡淡接道：「還有我，以及敖夫人、奚大姐姐。」

白花花顫聲道：「妳們就是九宗案子的兇徒……？」

居悅穗把劍一挺，兇狠狠地道：「什麼兇徒!?……妳們出身好，一世人吃好穿好名譽好，我們則終日窮困，作事比妳們多，名頭卻遠比妳們小，哼，嘿，妳說九宗大案，現在，外面已是第十宗了。」

休春水指著白花花，嘻嘻笑道：「妳是第十一宗。」

梁紅石向白欣如道：「妳是第十二宗——咱們三宗一起幹！」

白欣如心知此乃自己畢命之期，她只求解脫，道：「妳們殺了我吧！」

「那有死得這般容易？」梁紅石噓聲道：「奚大姐是陰陽人，妳們要死，也死得像男人幹的，四大名捕這才不會疑心到我們身上呀！」

忽聽一個聲音在她背後道：「可惜『四大名捕』早已疑心到妳們身上了。」

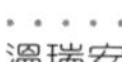

梁紅石只覺毛骨悚然，霍然返身，日月鉤「嗖」地抬起，在這剎那間，她只來得及看見居悅穗半身倒在床上，血自她的身上染紅了錦繡鴛鴦的綢質棉被。

她在霍然回身的剎那，一片沒羽飛蝗石，已切斷了她的鼻樑，嵌入她的臉骨。

她的眼前漾起一陣血光，以致錯覺在她面前徐徐掀開臉紗的白花花是穿著鮮紅衣衫的。

三

白花花穿的當然是白衣。

白衣長衫。

當掀開臉紗的時候，臉色是那麼蒼白，但黑眉如劍，目若炯星，分分明明的是一個把殺氣昇華成高傲的男子。

白欣如認得他。

白欣如差點沒呼叫出來。

這「白花花」的男子，不過二十來歲，他在床上殺了用劍抵著他咽喉的居悅穗，已無聲無息的閃到了梁紅石的後面，在她未出手前殺了她，卻始終荏弱如故，而且這幾下疾掠，不是用腳飛躍而是以手拍地按彈而至的。

過份的驚愕使休春水完全震住。

她立即想起挾制白欣如或可保命。

但男子銳利的眼像剖切了她內心的想法，冷冷地道：「妳最好不要動。」

休春水覺得由指尖冰冷到腳踵裡去。

那男子一字一句地道：「妳一動，就跟她們，一模一樣。」

「完全一模一樣。」

居悅穗、梁紅石適才還在房裡趾高氣揚，而今卻都是死人了。

原來插在「白花花」鬢上的一朵白花，已「釘」在居悅穗的咽喉上。血染紅了白花，再流到床上，使未被染紅的一部分白花花瓣，更分外的白。

第二回　掃輿人

一

「你……你是誰？」休春水幾乎呻吟地道。

男子的回答更令她似給人一把推入了冰窖之中：「成崖餘。」

休春水張大了口，一會兒才從嘴裡好不容易的吐出兩個字：「無，情！」

「四大名捕」中的「大師兄」，極爲年輕，自幼全家爲仇人所害，他雙腿也爲人所廢，身受難治的極重內傷，後爲諸葛先生所救，憑了堅苦卓絕的毅力與智慧，雖因體弱不能習武，但練成一身駭人聽聞的輕功與暗器手法，及鑄造了一頂令江湖中人聞風膽喪遍布機關的轎子，破了無數千百個四肢健全的人都破不了的大案，成爲「四大名捕」之首，因其辦案冷臉無私、出手反臉無情，故武林人稱之爲「無情」。其實無情反倒是「四大名捕」中極多情的一人。他原名便是成崖餘——崖餘二字則是諸葛先生因其劫後餘生而賜名的。

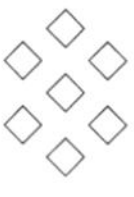

成崖餘便是無情。

無情盯著休春水，兩道寒冰似從休春水雙眼直灌入她的心坎：「像妳們這種人，我沒有必要生擒或逮妳歸案，通常我都立即殺了，妳最好不要給我有理由這樣做。」

休春水深深吸了一口氣，目光轉到無情的下盤，深深吸了一口氣：「你的腿……」

「廢了，所以站不穩。」無情即答。

「既是廢腿，」休春水的眼光閃爍著，像黑洞裡懼畏火光的毒蟒，「不能走動是吧？」

「妳不妨走走看。」無情一揚手，手上兩片金光一閃，刷地一聲，一枚甩手金箭，將休春水髻上一顆珠花，釘入壁上字畫，金箭穿著珠花，兀自激顫。

休春水臉色呈現一片慌惶，無情淡淡地道：「我不必追妳。」他這句話，說到這裡，就當是說完了，其餘未完的話，他只是微睨牆上兀自顫晃的珠花，不多發一言。

休春水的身子，比釘串在金色小箭上的珠花抖得更厲害，使得她的一雙腿，禁不住劇烈的顫抖，幾乎軟倒。「我……我不走……」

話未說完，她陡地一聲尖嘯，十隻手指，已箍在白欣如的脖子上！

她並不是想抓死白欣如，而是要扣住白欣如，要是能扣住白欣如，就能威脅無情放過她，否則，就算無情不殺她，把她送上衙門，她也只是死罪一條，死路一途。

她已別無選擇——除非能挾持白欣如，或許才有一線生機。

但就在她撲向之際，驀然驚覺，無情已經不在了！

——無情在那裡!?

休春水的出手，本就爲了要脅無情，而且她這一下孤注一擲，也只防著無情——可是就在她全力出手之時，無情竟不理她，居然走了！

她還來不及有什麼反應，「錚」地一響隨著「噗」地一聲，一口長劍，已沒入她腹腔裡去。

白欣如沒有拔劍，飄然後退，一面厭惡之色，唯恐被她鮮血所沾染，「叮」地一聲清吟，就在白欣如退去之際，一枚小金箭，自她白色衣襟上落了下來。

休春水張開了口，她明白了。

無情射出兩枚小金箭，一射她髮上珠花示警，另一則以箭尾倒射並撞彈開白欣如身上被封的穴道，然後無情便離去了。

因爲他知道白欣如的武功遠在休春水之上，也算準休春水會拿白欣如當人質，而且在行動之際，只防著自己，而不防白欣如的穴道已經解開了。

所以他根本不需要再留了。

有人還等著他的救援。

休春水明白這一點的時候，她張大的口，卻半句話都說不出來，終於膝蓋一折，脖子也折了下去。

這樣看去，彷彿是休春水向白欣如跪著，但白欣如卻深深地知道，休春水一點也沒有懺悔的意思，也許在她臨死的一刻，還在埋怨著造化弄人，太不公平，讓她誕生在貧賤之家，使她有錢無福享用，令她功虧一簣……不過無論她是怎麼想，她的血已從劍肌相連處，漸漸淌了出來，流了一地。

二

奚採桑不理江愛天的哀告求饒，把她的雙腿扳成鈍角。一個貴家小姐的哀叫痛楚，反而使奚採桑獸性的血在體內奔流，對這個半陰半陽的人來說，殺無抵抗者的血肉骨折之聲，和蹂躪美麗女子那種顫抖的肢體，頗能讓她（他）感受原始官能的快意。

一個貧賤出身的人，一樣可以享受美麗的高潔的肉體。

他正要進入極端興奮之際，忽然覺得一股厲烈的寒意，自他背脊間透入，迅速蔓延至他全身，把每一處俱結成了冰。

奚採桑沒有回身，但緩緩的回過了頭；他沒有立即彈起來，因爲他害怕就在他彈起來的刹那會被釘穿在地上。

他回過頭來就看見丈外一個人。

白衣如雪、兩道黑劍似的眉下星一般的眼睛，嘴角邊一抹冷峻而帶微乏的笑意。

奚採桑覺得對方的眼神，猶如兩枚冰膽，隔了丈外，仍看得他透心徹寒。

「沒想到白花花就是無情。」奚採桑說。

「白花花是白花花，無情是無情；」無情這樣地答：「不過，九大案元兇一直查不出來，而以身分地位論白花花是必然之選，所以我請黃堡主夫婦合作，把我扮成白花花，以追命三弟爲幌子，引妳們對我下手。」

「我已給你逮著了，你把我送到衙裡吧。」奚採桑支起身子，嘆道。

「不。」無情緩緩地道：「送到衙裡，你也許有同黨來救，或者使錢買通貪官污吏……總之，還有一線生機。」

「那你想怎樣？」奚採桑冷笑道：「別忘了，你是個捕頭，你不能動私刑，不能處決人，一定要依法行事。」

「是的，我是個捕頭，一定要依法行事；不過，對你是個例外。因爲你實在不能算是一個人。」

「你是一頭瘋了的狂獸，有沒有人會拉一隻野獸去坐牢？對野獸，只有殺了，一刻也不能留。我掃了你的興，殺你，卻是助我的興。」無情淡淡地把話說完。

奚採桑突然伸出五指捏住江愛天的喉嚨，將江愛天擋在自己面前，兇狠之色連野獸也爲之驚怖。

「你敢動我，我殺了她！」

無情搖首，神色有七分冷漠，二分譏誚，一分悲哀。

他非常非常緩慢的搖首，奚採桑卻在急促轉動著覓路逃遁的眼。

「沒有用的。」無情說。

然後他就出了手。

三

奚採桑身前有江愛天，這是他活命的擋箭牌，既可威脅無情，也可擋禦攻擊。

無情一揚手，手上藍光一閃。

奚採桑卻看不見暗器，他後腰已一辣，他怪叫一聲，伸手一摸，腰背上已多了七八顆鐵蒺藜！

就在他伸手一摸之際，他繞過背後去的手臂，剎那間並排了七枝鋼稜，全深入骨！

奚採桑這時已忘了疼痛，他只是張開了口，不是叫痛，而是叫饒命，「嗖」地一聲，一鏢射入，穿喉而出，自頸背噴出打入牆中，那支精鋼打就的鋼鏢，入牆及柄，只剩下紅綢穗子顫動著，在牆上濺起了一朵血花。

奚採桑倒下去的時候，人已像一隻刺蝟一般。

一隻渾身「長著」暗器的刺蝟。

無情看著他的屍體，臉上的神情，寂寞多於痛楚，疲憊甚於哀傷。

四

追命和無情再見面的時候，是在飄落著小小黃花的樹下，陽光映得黃花美而俏，隨風一吹，飄送到陌生的地方去了。

追命長長地淺嘆了一口氣，「看來貧富貴賤之間的懸殊，真不該太大，貧者愈貧，富者愈奢豪，如此下去，總會發生一些不太愉快的事情的。」

無情沉吟了一會兒，伸手，挾住一朵小小的黃花，他在細心觀察它纖細的花瓣。「其實，與其追求富貴，不如追求心安的快樂。」

他對指上小花輕輕呵了一口氣，花送遠處，「你看，」他說，「它不追求比牡丹更艷比玫瑰更紅，它追求風的播種。」

「經過這事，殷乘風收斂多了，只全心管好他的青天寨……」追命目送曳曳飄去的小黃花，舒了一口氣，道：「『風雲鏢局』的龍放嘯龍老英雄，已經囑人護送白欣如回去了……他本來就是個好義父。」

「這整件事，只對一個人最好。」

「誰？」

「江愛天，」無情的神情有了一抹淡似風送花去的笑意，「她大徹大悟，也大發善心，將江府銀兩，盡分出去濟貧行善。」

「哦……」追命笑了，他的笑容有一種江湖人的微愁和微醉。「這樣也好……藍元山卻出家去了。」

兩人沉默了一陣，有些黃花，掠過他們的衣鬢，有些黃花，降落在他們衣襟足履，有些黃花，隨輕風，秀秀氣氣快快活活的遠去了。

無情忽然想到了什麼似的，問：「藍鎮主在那一座廟出家？」

「陝西『金印寺』……」

「不好。」無情忽道，「金印寺就是我們接辦的山僧噬食全村性命的奇案發生處，我因匆匆趕來調查此案，金印寺的血案卻尚未有頭緒。」

「看來，藍元山想當和尚，只怕也不安寧了；」追命喃喃道：「只是，他跑那麼遠的一座凶廟去剃度，究竟爲了什麼？」

「我不知道，」無情目送飛飄過去遼闊原野的陽光中的小黃花，淡淡地道：「我只知道，到時候了，我們又該走了，就像蒲公英的種籽，有風的時候。就要飛去。」

完稿於壬戌年正月初五一九八二年一月廿九晚
農曆新年於鯉魚門前居
校於一九九一年二月時五日不輸房
大年初一，與康、君、梁、何、海、姊、馨伴
母共度。
再校正於一九九七年
年中起又再發憤埋首苦讀，狂刨各類名著巨
帙，讀得通、讀得透、讀得有間，讀得箇中三
昧，讀得走火不入魔但成狂，讀得又驚又喜，
讀得手之舞之足之蹈之，讀得好痛快好過癮。
對知識，做大學問；對寫作，做大功夫。

後記

武俠小說裡的女性

傳統武俠小說，寫女性的題材因侷限於時代的格局，雖然出現過不少精采人物，但甚少有性格、思想、行徑上的深刻獨到的描寫。新派武俠小說，描寫女性的篇幅顯然增多，筆法也比較大膽，但往往流於幻想式的荒誕，使讀者無法在武功虛構之餘同時接受人物的空泛，不能像《紅樓夢》的世界裡感受「似幻還真」。金庸的《神雕》、《射雕》裡的黃蓉、小龍女，《雪山飛狐》裡的胡夫人，《天龍八部》裡大部分的女性，《飛狐外傳》的程靈素、《笑傲江湖》的儀琳都是成功的，金庸善於運用在小說裡的「情」來刻畫她們。古龍的《蕭十一郎》之風四娘、沈璧君，《大人物》的田思思、《霸王槍》的王大小姐，都十分突出。但就一般來說，

溫瑞安

武俠小說還是刻畫男性人物爲主，女性常是協助或陪襯男主角成爲英雄好漢、武林高手、登峰造極、天下無敵的犧牲者。雖然某些作品著實做了較大的突破，但武俠小說始終陽盛陰衰，還是鬚眉俠客叱吒風雲的天下。

故此，武俠小說裡的女性，難免流於三種類型：第一類是美麗女子過於天真無邪，近於白痴，全無江湖世故，一心一意對待男子（通常是主角），到了完全感覺不出對方已令多少女子情心暗種兼且必也無視於一切禮教阻礙（男主角又往往是性格正經、真誠、情痴兼備），所以一旦破滅，不但夢碎了，只好走上「犧牲自己，成全別人」一策。另一種類型是蕩婦型，不管她們樣子生得騷媚入骨還是純潔若仙（不過一定很美艷），總之「嚶嚀」一聲就投懷送抱，動不動就「粉滴酥搓、春情盪漾」極盡挑逗之能事。第三種事聖潔高傲的女子，神聖不可侵犯，武功飄逸出塵，兼手辣心狠，卻最終仍成爲男主角愛情俘虜。這三種類型，大多數都有一身武功，但全部美得出神入化，幾乎不吃人間煙火（雖然在嚴格的武術訓練之下，一個頂尖兒的高手居然是俊男或美女都不太可能），這已成爲武俠小說的「公式」。

從《水滸傳》以降的武俠小說大多數把殺不貞女子誅淫婦當作豪舉，行軍行俠中無婦女的存在（縱然有，也是一種女子達到男子要求的「巾幗不讓鬚眉」、「女扮男裝」、「代父從軍」的情形下方才許可）。武俠小說本是一種同情弱小的特殊文類，從乞丐、殘廢、老弱、貧寒、孤寡到幼兒、弱女、儒僧道民、漁樵耕讀，都可以成爲武林裡一流高手之列。武俠小說的女子的武功出奇的高、容貌出奇的美、態度出奇的溫柔、出手出奇的毒辣，但卻鮮見出奇令人突出深刻的個性與形象出現。這些俠女美女，柔不如虞姬爲項羽刎頸的手勢，烈不如白娘娘爲許仙水淹金山的嗔怒。也許，武俠小說作者們絕大多數都是男士，應該有個女作家來寫寫她們的故事。

小霍（銀仙）可能是一個較特別的嘗試。她也是在男人爭權奪利的罅縫間現出真情與生命的女子，但很少有人像她敢愛、敢恨、敢作、敢當、也敢死。當然這種女子也許很多人覺得既不守婦道又離經叛道，但這種女子的性格也許比較真實一些。雖然我也不同意她和周白宇最後選擇「殉情」之道，但在當時社會環境下似乎也不允許她不死。《談亭會》它所揭露貧者或一種中層階級的人對窮侈極奢的富貴人家有股潛在的羨妒與仇視，以致種下惡果，一旦發作其手段跡近可怕亦可恥。我個人不喜歡有這些事情的發生。當然，這樣的事情，在世界上是天天發生著的。

稿於一九八二年八月三日
與香港博益出版集團有限公司簽定《布衣神相》之《殺人的心跳》與《葉夢色》出版契約。
校於一九九七年六月中起
又恢復集中火力大寫書狂寫作猛讀書的歲月，過去十年，隱而不退，今起不隱不退，活得更奮發踔厲，自由、自在、自恃與自足。

請續看《碎夢刀》

附錄

【高手中的高手，溫瑞安訪問記（一）】

·人做自己喜歡做的事是不會厭倦的·

陳國陣（以下簡稱「**陳**」）：我們知道你從十六歲開始，在馬來西亞寫出《四大名捕》故事第一篇《追殺》在香港《武俠春秋》發表後，就開始撰寫武俠小說，陸陸續續的寫了逾七百部小說，以你的年紀而言，這紀錄足以進入「健力士（金氏）紀錄大全」了，更何況你不只寫武俠小說，從詩、到散文、雜文以及人物傳記，還有文學評論、政治分析、戲劇腳本乃至各種各類的小說，都著作甚豐。其中有一部小說集，叫做《雪在燒》，更一口氣收羅了十二種不同類型的小說，包括了：懸疑、偵探、文藝、言情、心理、歷史、科幻、武俠、詭異、象徵、寓言乃至反小說小說，簡直是一次小說多面體的大展示，該集子的書名還給拍成了電影，唱成了風靡一時流行曲。你在推理小說上，也有重大的建樹，成為中國文壇少有的重要推理小說代表作家之一。至於新詩和散文，更給收錄在各國各地的代表性文學選集裡，達八十一種之多，而早年的論文亦結集成書，造成相當可觀的影響力。全部著作加起來，恐怕已逾千冊了吧？這無論在任何時代任何國家，都是驚人數字。然而你還那麼年輕，不過，我們最感興趣的還是你的武俠小說。從你開始創作算起，你已寫了足逾二十五年武俠小說了，是甚麼事情使你仍那麼醉心寫武俠小說？為甚麼會對武俠小說創作仍不厭倦？

溫瑞安（以簡稱「**溫**」）：興趣。

陳：嗯？

溫：人做自己喜歡做的事是不會感到厭倦的。

陳：可是你是一個寫作的多面手。有人給評論家稱為「左手寫詩，右手寫散文」或左手寫甚麼，右手寫甚麼的，可是，你幾乎無一種文學類型不曾下過功夫，且都著作甚豐，若要形容為那一雙手寫甚麼，那非得要連腳一併算，千手百臂不可！你一直對文學小說、現代詩和純散文非常鍾情，早年還因辦「文學社團」而揚名，寫詩或先成名於新、馬和台灣文壇，難道相比之下，現在你對這些都不如武俠小說感興趣？

溫：也不然。事實上，我仍有在寫武俠以外的作品，並沒有中斷，在海外報刊雜誌上，我仍在寫專欄、鬼故事乃至遊記專題。只不過，讀者對我的武俠小說反應特別熱烈，透過各種方式和渠道，千方百計的要我寫下去，所以，我也只有多貫注時間在武俠小說的創作上。這就像我在編導製作一齣舞台劇一般；「武俠」是我佈在台上的一名重要演員，大家都喜歡看他演戲，而他也特別搶境頭，剛好劇情正集中到他身上，而射燈也投在他身上，我只讓他盡情發揮了。我寫武俠的處境也是這樣子。正因爲寫的人不多，而用心認真寫的人更少，用心認真而又寫的好更是鳳毛麟角，所以，我這還能寫、有心寫、且寫了還有些讀者願花時間去看的作者，自然該爲「武俠傳統」的延續，多費些心力，多做點好事。

陳：你說讀者對你寫的武俠小說反應較熱烈，這點我們非常清楚，也很震動。別的地方不說，早幾年我們到中國大陸旅遊、辦事，就發現大街小巷，全是溫瑞安。作為一個來自馬來西亞一個山城小埠的小子，能夠同時名震中國大陸、港、台、新、馬，所有華人地區，實在讓人震佩，而且也好像是「前無古人」，迄今也「未見來者」。在大陸所見，不僅是溫瑞安、「僞溫瑞安」還有「冒牌溫瑞安」。冒充你的名字的，我這兒記下來的就有：溫瑞安，這是真的，但內容一看就知道是假貨；還有濕瑞安、溫端安、溫瑞汝、湯瑞安、溫一安、溫安、「溫瑞安註冊商標」、溫瑞女等等。有資料顯示，你自從一九八七年《四大名捕會京師》在中國北京友誼出版社推出以來，至少已見的就有三十五個版本（編按：至二〇〇四年夏季已逾五十個版本），每種售以萬計或十萬計，數字非常可觀，你的著作太多，種類又豐，相信絕對是以百萬為計算單位，故在九一、九二、九三、九四年裡，給人稱作「溫瑞安熱」到「溫瑞安旋風」，在神州大陸風靡一時，反應不僅熱烈，簡直是激烈。連在發行銷售上未臻完善的內地書店，也到處可見「溫瑞安武俠系列」的專櫃，風行可見一斑。這大概就是促使你往武俠的路子上走下去的原因之一吧？

溫（微笑）：我的確是個「鄉下小子」、「山芭仔」。我運氣好，種豆得豆，轉禍為福。

‧通俗是一種美德‧

王鳳（以下簡稱「王」）：還不止呢！大陸和香港都習慣把你和金庸、梁羽生、古龍四人並稱為「武俠小說的四大天王」。而今，金庸封筆，梁羽生年事已高，古龍仙逝，能寫的，受人注目的，有極大影響力的，而且還在寫的，就只有溫大俠你，故此曹正文曾寫論評表示最看好溫瑞安，江上鷗也認為你的武俠小說別出蹊徑、寫前人之所未寫，倪匡在多年前就已感慨武俠小說就你在獨持大局了。我們還知道你的武俠小說在中國大陸不但翻版多、假版多、冒牌多、盜印多，而且，經你授權的正版也可以破例在中國北、南及中部地區省份三家聯手並出，可見對你作品之寬容和其流佈之廣、銷售力之巨。故而，武俠小說又帶動了你其他的作品，光是以類似「溫瑞安全集」形式出版你個人各類作品的，我們就找到超過三、四家——有多少文學巨匠能在他在世時就能出版全集的？何況你還那麼少壯，又依然活躍於文壇。看來，這也難免引起人羨慕和妒嫉吧？另者，太多假偽冒牌作品，對你大概也製造了不少煩惱吧？

溫（笑）：簡直是「不勝其擾」。僞作太多了，以致初買我的書的人，無所適從。我寫武俠小說，除了興趣之外，還抱持了個目標，那就是發生好的影響。也就是說，儘管我難免因爲讀者的需求而多寫武俠小說，但就內容上，我決不會給牽著鼻子走，不會因爲讀者愛看甚麼，就寫甚麼給他們看。我認爲作者與讀者的關係是光和電、水和魚、時勢和英雄，是相對的、平衡的，互相輔助帶動提升的。

我認爲從事藝術創作的人總得有點「抱負」才行。有人或許會訕笑：寫流行小說的，還那麼固執幹啥？其實不止於武俠小說，任何藝術類型，包括電影、電視、音樂、造型藝術等等都得要貫注點「心力」才行。這點「心血」就是「抱負」。沒有這個，作品就只是「行貨」，一時的消費品，或者純粹是一種粗製濫造，僅供發洩的東西。那不是藝術品。做人沒有目標，創作缺少抱負，那都是不行的。暢銷一時或許尚可，長銷風行、獨領風騷則缺少條件。

一味模仿我的人，就是缺乏了點「神髓」，很令人惋惜。正如只會抄襲金庸、古龍的人，頂多只得其形，不見其神。花那麼多的心力時時去模仿，不如好好的去充實自己創新。只顧著滿足市場和讀者要求的作家很危險，難道他們喜歡暴力就不斷寫打打殺殺，喜歡色慾就不住的寫姦媾性交嗎？這樣寫下去，不是拳頭就是枕頭，作品就低俗了，人格也不堪了。武俠小說就難免讓人鄙薄了。通俗是一種美德。通俗本身就很不俗，但決非「低俗」。低俗接近下流。我寫武打是爲了表達「俠義」而寫，那是一種優雅而必須的暴力，而寫性是爲了要表達愛，或對人性深處作審視挖掘。其實我對模仿我的人，乃至盜版我書的人，在心中都感謝和惋惜。

王：感謝？翻版你的書，是對你利益的侵害；抄襲你的人，是對你作品的一種傷害，說惋惜，還可以，若也有感謝，豈不矯情？

溫：不，不。我非常不矯情，也不喜歡矯情的人。事實上，就是因爲我不太喜歡矯情，而得罪了些人，但如果不矯情能讓我活得自在些，能讓我尊重的朋友聽到真話，能夠使人事實求是些，我還是少不免要得罪人下去。

我之所以感謝，是因爲別人肯花那麼多時間、心力、金錢（以及冒險）去模仿我的文風，那想必是爲了喜歡和由衷的認爲它寫得好，才肯那樣的「不惜功本」。那其實是一種「支持」，也是一種「恭維」。至於盜印、翻版，更是「賞面」；至少認爲我的書好看、好賣、有讀者支持，才會有這種「投資」，更是一種「信任」。此風不可長，這點固然；但別人給你面子，「暗中」支持你，你總該「要面給面」才是。老實說，若在港台這些已十分注重知識產權的繁榮之地，再有這種情形，那就應該以法律追究到底才是。我在八十年代蒙冤離開台灣，大約八三、八四年就有出版社用了我名字作爲「註冊商標」，於是，「真溫瑞安」反而不如「假溫瑞安」合法，因爲我護照上還真沒有中文名字，直至我取得香港永久居民證方才塡上。不過，那次的事，也沒有嚴加追究，八七年時我重返台北，報刊披露了這消息，輿論施予壓力，該出版者主動表達了不再知法犯法，加上好友王達明從中斡旋，事情就此了結。

·稿費收入最高的作家·

可是，在中國大陸，這種「輿論壓力」卻不十分普遍、彰顯，加上地方實在太大了，流動性太高了，也不好查辦。再說，大陸在出版文化企業上，雖然擁有極爲可觀、龐大的市場，但未完全高度商業化、制度化與現代化，在這種情形下，很多「有志者」卻積極找法律漏洞求生、求存，我覺得在內地一些鄉鎮消費能力還不十分高的情形下，我的作品因翻版而讓人比較有能力購買、負擔，未嘗不是在「社會轉型期」的偏差，但也是一件好事。如果我的書有益於世道人心，對文學風氣有助，那也不啻是一種「功德」。所以我大多「啞忍」，並暗中多謝他們的「印書支持」，只要不太過份便不爲甚已。

只不過，剛才說「不勝其擾」也在所難免。有時候，偶然發現大陸書報攤有「溫瑞安新著」的《復仇劍》、《情人劍》，又有溫瑞安「皇皇鉅著」、《天龍八步》、《好小子魔劍》，真是頭爲之大。心裡想過，真要冒充我書，何不弄個好一點的名字（眾笑），要弄不出來，來電來信好了，我一定給你們想一想好一點的（眾大笑）。……嗯，譬如：「低溫火燄」、「我好想殺你」、「大話小說」、「在山頂上漫步的法蘭西」、「到河對岸採花的德意志」、「你沒有錯，羅俄斯」、「你是對的，利大意」……你看，五花八門，中西合璧，宜古宜今，應有盡有，這些才是標準我起的標題，不是最近很多人都喜歡用這種書名、題名了嗎？「雪」是可以「燒」的《雪在燒》、「夢」可以不朽的《不朽若夢》、「空中」居然有「大石」的少年名捕系列：《空中大石》、「夫人」竟然能夠「借」的超新派中篇武俠《請借夫人一用》，可不是嗎？我這兒可以免費提供的呢（大家樂不可支），歡迎索取。說不定，還自動要求爲對方題字，寫後記、校稿呢（大家笑個滿堂）！

可是，現在卻用甚麼《色慾魔花》的書名，多難聽呀！多難堪啊！有一次，九四年，我在廣州白雲賓館對面書攤，赫然發現一本「溫瑞安親授版權嶄新鉅著」，《慾海情俠》，哇！要命！因未拜讀，原作者又不肯送我一套，只好掏腰包去買，結果，手一拿起溫瑞安鉅著，對面那個我一直留意著長髮飄飄、白衣清秀的美麗女孩，白了我一眼，薄唇嘀咕了一句，大概是「下流」吧？也許是沒有想到我居然會買這種書（大家哄笑起來）！嘿，嘿！嚇得我沒鞋挽屐走。不，逃。假如她知道我就是「溫瑞安」，說不定更有得好受呢（眾笑不已）！唉，要是找我取書名，就用「逃花」吧，逃走的逃，花朵的花。多好，就不必給人用有色眼光側目而視了（哄笑）。

王（忍笑）：這麼說，這些翻版本、盜印本、假冒書、僞作，還是給你很大的傷害與困擾了。不是嗎？我們都知道，你的稿費相當可觀，最近十二月份香港的《壹週刊》還說你是目前中文作家裡最高收入的。又說你現在是「四大天王」之一，但因爲年紀輕、有魄力、創作力充沛，必然成爲「唯一天王」，你好像也有此志。可是，僞作那麼多，還有大量假書，豈不令讀者無所適從，萬一看了不滿意，也影響了你個人名譽，大大減低你的稿費收入？

溫（有點急於說明）：有幾點務需要澄清的：

一、香港《壹週刊》來訪，交談不久便問起：「人皆認爲你是『四大天王』之一，但金封筆，梁不寫，古已逝，你對自己將來怎麼看？」我回答：「現在我是四大天王罷了。」。交流數小時後，訪問者態度極表誠意，我也與他頗爲投緣，臨送他出門時，他忽又重問了一句剛才的問題，我還是答：「我現在是四大天王罷了。」他笑說：「你很固執。」，我笑說：「擇善固執而已。」，我沒有說我是「唯一天王」。我回答，你可以當我是自謙：現在我忝爲其中之一，日後自有人取代。當然，你可以當我是自負。我沒說明我的態度，我也不需要說明。「唯一天王」的說法，是揣測亂寫的。

·寫一篇、發表幾十年；寫一天，玩一個月·

順此也澄清：該週刊同期發表了至少六位女友的相片，並附說明：「我不介意公開她的玉照，包括妓女。」這是錯的。因爲所公佈相片裡的女子，她們都是我女友，她們都不是妓女。當然那訪談裡也有別的誤解，但都不重要。我們總不能只聽好的，不能聽壞的，說不對的，大可當是開玩笑，一笑置之。我個人從來不怕任何人誤解，而且也不大理會別人如何看待。我是個獨行其是，旁若無人（但不是目中無人）的人。我膽大，但不妄爲。我敢作，但有所不爲。不過，所發表的相片，都是良家婦女，她們跟我在一起，都是以真情相交，現在雖然都已和氣分手，不無悵惘，但仍是朋友。如果讀者對我有誤解，無所謂，我承擔得起，可是如果對她們有誣蔑，那我就能挺身維護、澄清，不能讓她們受此委屈。

二、我的稿費相當高，但若以一次發表論，卻不一定是最高的。不過，如果加起各種版權總合而言，那每篇小說稿費可以說是相當可觀的。拿二十年前寫的《布衣神相》來說吧，甚麼電影、電視以及你想得出的版權，都賣過了。《少年冷血》一書光是在中國大陸就有七、八個不同的版本。同是當年我在台大求學時期所撰寫的《神州奇俠》故事，到現在還有報刊在連載。像《將軍劍》，是有韓文版、外國翻譯連載。電影、電視版權，又分港、台、中等地，而且日新月異，最近又有其他的電視網路、影碟音像和娛樂傳播媒體，發表出版權則更寬廣繁複了。新、馬、港、台，還有中國大陸、美、加、日、韓，發表一次給一回稿費，再過十年八載，可能又登一次。我十幾年寫的作品，到現在，還在連載，還在發表，還在刊登，還在出版，也還在拍成影視劇集，有的甚至給改編成舞台劇、廣播劇。如此說來，我每個字豈止十元（港幣）稿酬？加上我寫的快，神思集中，一小時閒閒地可以四千字，有時，一天甚至可以寫二萬二千字，然後拋下筆桿大玩特玩去，玩足一個月，回來再寫一天了事。寫一天，玩一個月，寫一篇，發表幾十年，天下那有如此樂事！

唯有這個算法，說我稿費高，那還可以成立。不過，「高不勝寒」，宜「居安思危」。

三、對於中國大陸有我大量的盜版、偽作，我決定讓他們有一個「喘息的時候」，不忍相逼過甚。大家都是文化界中人，如果我的作品能讓大家賺大錢，那是我的榮幸，要不忘了我這「字字皆辛苦」的原創者，讓我賺些小錢，那就皆大歡喜了。當然，先決條件是不要太過份。在大陸，市場大而亂，你要「一統江湖」，一版面世，還真不易克服。

陳：有沒有很過份的例子？例如：剛才用你的大名去出版一些黃、黑、灰色小說下流的作品，對你的名譽有損，你又如何看待？聽說你的《少年四大名捕》，沒出完就已給人續寫《少年無情》，且賣得很好，出版的人馬上發了財，買汽車、洋房、手提電話，取姨太太，可有此事？

溫：當然難過。因爲假書、冒版太多，無法一一拜讀（眾笑），說不定，其中也有寫的比我好的張冠「溫」戴，對我是「冷手拾了個熱煎堆」了（大家爲之絕倒）。你們別笑，連倪匡的《六指琴魔》，古龍的《蕭十一郎》、蕭逸的《西風冷畫屏》在大陸版本，也是以我的名義出書呢。真是沾光。

至於你們聽到傳聞，早有大陸文友相告，內容也近似。那也許是他們的「冒版作」寫的太好吧，以後讓我也冒充他們的「僞作」掙點零用錢（大家莞爾）。要是真能那樣賺法，那也是他們的本事。對於僞作、冒名的，我最深痛惡絕的是，寫一些意識不良，文字低劣，卻騙取讀者的「血汗錢」。要知道，在大陸好些還沒「富起來」的地區，年青人好不容易才儲一點錢買本心愛的小說，卻讀了這等「行貨」，可知道對他們的心靈有多大的傷害。要是爲了「溫瑞安」的名字才買，我是責無旁貸，造孽了！如果是首次買我書的，讀到是這等「貨色」，我的「招牌」也從此得垮了。但如果寫的比我好的，又肯用我名字發表，我不但佔便宜了，同時也爲那麼有才華的作品卻不打正旗號出書，深爲痛惜。

如果冒充我寫法可以像傳說中出版人那麼賺錢，看來要比原作者還好撈，改天我也想充當一下他們的角色呢（眾笑）。話說回來，我因爲給中國各方面擁有我作品版權的出版人逼急了，他們擁有版權阿量而精心的企劃投資、宣傳廣告，卻讓冒名、盜印者得利，這說不過去嘛，好些人一定要我「告」他。我仍不忍相逼。大家都是文化人嘛，「相煎何太急」，到後來，只好寫一篇「後記」應應景，讓「正版」投資者「消消氣」。寫的好像還挺溫和的，只表示保留追究權，而且還能對我在港、台、新、馬的盜印而發的，結果給人傳真臭罵一頓：要我好看的，表明以後變本加厲，凡是我的新書都續寫，而且連我頭髮少、個子不高還有美女相伴都罵在內了，連金庸過去在中國大陸遇上翻版盜印也不敢聲張也引爲例，一並以爲禿頭是

「聰明絕頂」的表徵，人矮是「雞立鶴群」圖「出位」（突顯）絕招呢！（大家爲之絕倒，笑聲不絕）倒是給他罵「醒」了。

•典藏古龍•

絕響古龍

—大武俠時代的最終章—

古龍—著

收錄古龍後期作品及永遠的遺憾殘篇
失傳已久的〈銀雕〉首度出版，〈財神與短刀〉殘篇集結出書

「我希望至少能再活五年的時間，讓我把〈大武俠時代〉寫完，我相信這會是提升武俠小說地位的作品，也會是我的代表作之一。」 ——古龍

令人無限悵憾的是，古龍並未得到他所企盼的五年歲月，來完成這個大系列，以致如今在本書呈獻的只能是生前業已發表的八篇嘔心瀝血之作。（獵鷹／群狐／銀雕／賭局／狼牙／追殺／海神／財神與短刀）

不過，古龍的最後一劍儘管留下悵憾，然而那一劍的風華，卻在武俠小說史上閃現了無比燦爛的光芒。

・典藏古龍・

爭鋒古龍

—古龍一出 誰與爭鋒—

專業古龍評論家 **翁文信**—著

博士級的古龍武俠文學研究
闡述武俠大師重要生平　解析古龍作品文學深度

本書無論在綜述古龍生平重要的活動軌跡、考訂古龍諸多作品的發表狀況、抉發古龍主要作品的文學深度，抑或析論古龍作品在當時台港武俠小說發展過程中所展現的嶄新形象與意境、所發揮的深遠影響與指向，均可看出其宏觀的識見與紮實的功力。

有了這部書，現代文學研究、通俗小說評論在提到古龍作品時，乃至古龍迷在網路上討論古龍其人其書時，便不致漫漶失焦，迷失在錯誤的資料與主觀的揣測中，而看不清古龍作品的創新成果與恆久價值之所在。

‧古龍評傳三部曲‧

評傳古龍—這麼精采的一個人
武學古龍—古龍武學與武藝地圖
經典古龍—古龍十大經典排行點評

覃賢茂—著

古龍誕辰八十週年紀念代表作

重磅人物作序推薦：著名學者**龔鵬程**、師大國文系教授**林保淳**
文化評論家**陳曉林**、古龍長子**鄭小龍**、成都市作協副主席**柏樺**

- 大陸首位出版古龍評論集的學者——文史名家覃賢茂，多年研析、探討古龍，力撰古龍三書
- 書中附有古龍珍貴相關照片

《評傳古龍》是迄今為止最多亮點、最具可讀性，且相對翔實的一本古龍傳記；《武學古龍》則對古龍作品中凡涉及武俠或武道思想、理論、創意及實踐的內容，作了畫龍點睛的分類與羅列，並提供了別開生面的引論；《經典古龍》則是對古龍十大經典名著的精闢解析和評論。三書皆扣緊古龍獨有的風格與境界。

【武俠經典新版】四大名捕系列

四大名捕走龍蛇（一）談亭會

作者：溫瑞安
發行人：陳曉林
出版所：風雲時代出版股份有限公司
地址：10576台北市民生東路五段178號7樓之3
電話：(02) 2756-0949
傳真：(02) 2765-3799
執行主編：劉宇青
美術設計：許惠芳
行銷企劃：林安莉
業務總監：張瑋鳳

初版日期：2021年4月新版一刷
版權授權：溫瑞安
ISBN：978-986-352-933-0
風雲書網：http://www.eastbooks.com.tw
官方部落格：http://eastbooks.pixnet.net/blog
Facebook：http://www.facebook.com/h7560949
E-mail：h7560949@ms15.hinet.net
劃撥帳號：12043291
戶名：風雲時代出版股份有限公司
風雲發行所：33373桃園市龜山區公西村2鄰復興街304巷96號
電話：(03) 318-1378
傳真：(03) 318-1378
法律顧問：永然法律事務所 李永然律師
北辰著作權事務所 蕭雄淋律師
行政院新聞局局版台業字第3595號 營利事業統一編號22759935

定價：270元

國家圖書館出版品預行編目資料

四大名捕走龍蛇（一）／溫瑞安 著. -- 臺北市：風雲時代，2021.02- 冊；公分

ISBN 978-986-352-933-0（第1冊：平裝）

1.武俠小說

857.9　　109019977